맹준열 외 8인

맹준열 외 8인

이은용 장편소설

창비

차례

나에게는 두 가지 세계가 있다.
내가 속한 세계와 내가 속하지 않은 세계.
나는 늘 내가 속하지 않은 세상으로 가기 위해
몸부림쳤으나……

1
준열이는 누구인가

"율리야 프세볼로도브나 스미르노바라고 합니다."

여자는 수줍게 말하며 머리카락을 귀 뒤로 쓸어 넘겼다. 옆으로 살짝 고개를 숙이는 모습과 손끝의 동작 하나하나까지 매우 조심스러워 보였으나, 눈동자만큼은 빠르게 움직이며 가족 모두를 훑었다.

여자의 등장과 함께 우리 가족은 모두 일시 정지 버튼을 누른 것처럼 행동을 멈추었다. 셔츠를 입던 아빠는 구멍에 단추를 끼우다 말았고, 엄마는 짐을 옮기던 자세 그대로 허리를 굽힌 채 여자를 올려다보았다. 느긋하게 방에서 나오던 넷째가 하품을 하다가 입을 틀어막았다. 똑같은 신발 두 켤레를 두고 그중 하나를 서로 자기가 신겠다고 우기던 쌍둥이 다섯째와 여섯째가 눈을 멀뚱거렸고, 막내 일곱째에게 모자를 씌워 주던 누나는 그만 모자로 막내의 얼굴을 덮어 버렸다. 형마저 여자를 보고 넋을 잃은 표정을 지었다. 어깨에 둘러멘 가방과 양손에 든 짐이 꽤 무거웠을 텐데도 형은 미동도 없었다. 나는 소파에서 막 일어나던 참이었다. 앉으려는 것인지 서려는 것인지 모를 어정쩡한 자세로 여자의 등장을 목격했다.

쿵 소리를 내며 형이 들고 있던 짐 하나가 바닥으로 떨어졌다. 그 소리가 신호라도 된 양 모자를 뒤집어쓴 막내가 팔을 허우적거리며 울음을 터뜨렸다. 누나는 그제야 막내의 얼굴에서 모자를 벗겨 냈다.

"이게 내 신발이야!"

"내 거라니까!"

쌍둥이가 다시 티격태격 싸웠다.

"후 알 유?"

넷째가 과하다 싶게 혀를 굴리며 묻자, 여자는 무척이나 상냥한 미소를 띠며 본인을 소개했다.

"형……수."

여자는 아까보다 훨씬 부끄러워하며 작은 소리로 대답했는데, 뒤에 나온 '수'라는 말은 거의 들리지도 않았다.

"뭐라는 거야?"

누나가 짜증스레 말했다.

"오, 근데 저분이 지금 한국말을 한 거야? 내가 잘못 들은 거 아니지?"

넷째는 연달아 물었다.

"근데 형수라면 형의……?"

넷째가 말하다 말고 아까처럼 한 손으로 입을 가렸다.

"헐."

손가락 틈으로 넷째의 목소리가 새어 나왔다.

형에게 여자 친구가 있다는 사실은 그렇다 치더라도 가족들 몰래 결혼까지 했을 리는 없다. 게다가 형은 제대한 지 얼마 되지도 않았고 복학도 미룬 채 아르바이트를 전전하는 중이었다. 형의 처지에 비해 진도가 너무 나가 있었다. 심지어 상대가 금발의 외국인이라니.

"오빠랑 아는 여자야?"

진하게 그린 아이라인 때문인지 누나는 평소보다 '센' 느낌을 물씬 풍겼다. 형이 입을 달싹였지만 소리로 나오지는 않았다. 엄마와 아빠, 형의 시선이 빠르게 얽혔다. 엄마 아빠의 표정으로 봐서는 형의 일을 대강 알고 있었던 모양이다. 낯선 여자의 갑작스러운 방문까지는 예상하지 못했겠지만.

형은 사태를 수습해야겠다고 생각했는지 조심스럽게 입을 열었다.

"러시아에서 온 율리야 스미르노바야."

"지금 그게 중요한 게 아니잖아!"

겉으로는 형을 몰아붙이는 누나의 말이 실은 여자를 향하고 있다는 것은 한눈에도 알 수 있었다.

"어, 제 이름은 율리야입니다. 한국 친구들은 '율랴'나 '율리'라고 부릅니다."

여자가 연습이라도 하고 온 듯이 우리말을 또박또박 발음했다. 러시아 사람들은 가까운 사이에 이름보다 애칭을 부른다고 형이 덧붙였다.

"이름도 짜증 나."

누나가 중얼거렸다. 누나가 가장 싫어하는 과목은 윤리였다.

갑자기 등장한 여자가 우리 형수, 게다가 러시아 사람? 앞뒤 맥락 없이 당황스러운 상황이었다. 러시아라면 추운 날씨만큼이나 사람들에게서도 찬바람이 쌩쌩 돌지 않을까, 잠깐 머릿속에 스친 생각이었다. 하지만 우리 앞에 나타난 여자는 쌀쌀한 이미지는 아니었다. 대강 보아 형보다 살짝 큰 키에 깊은 눈, 하얀 얼굴과 어깨까지 내려오는 금발 머리. 이질적이기는 해도 방긋 웃는 얼굴에 도도하거나 거만한 느낌은 없었다. 러시아는 그다지 와닿지 않았지만 자기가 우리 형수라고 주장하는 낯선 여자에게서는 어딘가 친숙함이 전해졌다. 한국어를 하려고 노력하는 모습이 한몫했을 수도 있다. 어쨌거나 여자의 태도는 예전에 잠깐 원어민 영어 학원에

다니다가 생긴 외국인 울렁증도 단박에 씻어 주었다. 내가 외국인에 대해 얼마나 큰 선입견이 있었는지 깨달으며 한 번 놀랐고, 집에서는 말도 별로 없던 형의 실체에 두 번 놀랐다.

"우리 집에 온 손님이니까 일단 들어오……."

"안 돼요!"

아빠가 말을 꺼내자 엄마가 외쳤다. 여자는 움찔 놀랐다. 칠 남매를 키우면서도 엄마는 큰 소리를 낸 적이 거의 없었다. 엄마는 늘 조용한 톤을 유지하려고 애썼다. 정 화를 내거나 무엇을 강하게 주장해야 할 때면 눈을 감고 복식 호흡을 하며 마음을 가라앉힌 뒤 입을 열었다. (그럴 때 엄마는 정말 존경스러웠다.) 매일 밤 잠자리에 들기 전에 하는 명상의 힘에 대해 엄마는 늘 강조했다. 그런 엄마가 낯선 여자 앞에서 본연의 태도를 잃고 말다니, 그만큼 절박하다는 증거였다.

심상치 않은 분위기를 느낀 쌍둥이가 신발을 바닥에 놓고는 저희들끼리 쑥덕거렸다. 막내는 금발의 외국인이 신기한 듯 아까부터 눈을 떼지 못했고, 누나는 벽에 삐딱하게 기대서서 형과 여자를 못마땅하게 보고 있었다. 넷째는 이 상황이 몹시 즐거운 듯 어느 때보다 흥미진진한 표정이었다.

"난 오늘 꼭, 반드시, 여행을 갈 거예요."

엄마의 말에 아빠는 셔츠의 단추를 마저 채웠다. 겨우 진정이 된 엄마가 모자를 눌러 썼다. 엄마 생일에 아빠가 선물한 모자는 몹시 크고 화려해 엄마의 차림에서 유난히 눈에 띄었다. 엄마가 움직일 때마다 모자챙이 흔들려 자꾸만 시선이 갔다.

"누군지는 몰라도 오늘은 우리 가족에게 중요한 날이니까 돌아가 주세요."

이번 여행에 절대 동참하지 않겠다고 끝까지 고집을 부릴 땐 언제고 누나는 이때다 싶은지 빠르게 말했다. 누군지는 몰라도,라는 말에 특히 강세를 주었다.

"네? 너무 빠릅니다. 난 무슨 말인지 모릅니다."

형이 여자의 팔을 잡아끌고 나가려 하자 여자는 단호히 형의 손을 뿌리쳤다. 혹시 오늘이 무슨 날인지 알고 온 건 아닐까 싶었다. 심정적으로 그런 느낌이 강하게 들었다.

"내 말은 일부러 못 알아듣는 척하는 거 아냐?"

누나의 의심에 여자의 입꼬리가 슬며시 올라간 걸 보면 그 추측이 맞는 것도 같았지만 섣불리 판단할 수는 없었다. 가족들을 둘러보던 여자의 눈길이 내게 닿았을 때 나는 급히 고개를 돌렸다. 상대가 누구든 낯선 여자와 눈을 마주하는 건 쉽지 않은 일이었다. 설령 형수가 될지도 모르는 여자라고 해도.

"일단 출발해. 자세한 건 가면서 얘기하자고."

엄마가 먼저 움직였다.

"지금 저 여자랑 같이 여행을 가자는 거예요?"

누나가 손가락을 들어 형수라고 주장하는 여자를 가리켰다.

"네, 어머니."

가족들의 반응에는 아랑곳하지 않고 여자는 천연덕스러웠다. 엄마는 잠시 뒷목을 잡았다가 벽에 걸린 시계를 보고서 정신을 차렸다.

엄마의 결정에 가족들은 이내 부산스러워졌다. 조금 꺼림칙한 기분이었지만 나도 지금은 움직여야 했다. 형은 부피가 큰 짐부터 날랐다. 현관에 있던 여자는 문을 열어 길을 터 준 뒤 아빠를 도와 박스를 함께 들었다. 아빠의 제지에도 불구하고 여자는 "괜찮습니다, 아버지." 하며 살가운 태도를 보였다. 형이 군대에 다녀오고 나서 갑자기 아빠에게 '아버지'라고 했던 날처럼, 아빠는 아버지라는 호칭이 조금 어색하면서도 싫지 않은 얼굴이었다.

"아버지, 날 주십시오."

여자의 말에 아빠가 작은 짐을 여자의 손에 쥐여 주고는 "그럴 때는 저한테 주세요,라고 해야지." 친절하게 한국어 지도까지 덧붙였다.

쌍둥이의 신발 싸움은 한 켤레를 왼쪽 오른쪽 하나씩 나누어 가지면서 일단락되었다. 똑같이 생긴 다른 한 켤레도 왼쪽 오른쪽을 한 짝씩 나누어 가지면 된다고 저희들끼리 합의를 본 것이다. 막내는 문득 생각이 났는지 방으로 뛰어 들어가 인형 하나를 들고나왔다. 형이 아르바이트를 해서 받은 첫 월급으로 사 준 인형인데 금발 머리에 커다란 눈을 하고 있었다. 막내가 "언니랑 똑같아."라며 형수라고 주장하는 여자 앞에서 인형을 들어 보이자 누나는 아무에게나 언니라고 하면 안 된다며 주의를 주었다.

며칠 전부터 싸 두었던 짐을 모두 꺼내 놓았다. 나와 누나가 현관까지 옮기면 현관에서 계단까지는 넷째가, 2층 계단에서 1층 빌라 입구까지는 형이 옮겼다. 마지막으로 차에 싣는 일은 엄마와 아빠가 했다. 형의 만류에 형수라고 주장하는 여자는 짐을 내려놓고 슬그머니 뒤로 빠져 일사불란하게 움직이는 우리 가족을 지켜보았다.

"너, 알고 있었지?"

누나는 나를 공범으로 몰았다. 정말 모르는 일이라고 해도 안 믿었다.

"네가 몰랐을 리가 없잖아."

누나의 말에 어떤 근거가 있는지 몰라도 내 입장에서는 억울한 일이었다. 귀띔을 해 주지 않은 형에게 배신감은 들지 않았다. 오히려 고마웠다. 이렇게 큰 사건이 일어날 줄 미리 알았더라면 나는 오늘이 다가오는 걸 더욱더 견디기 힘들었을 것이다.

내 배낭에는 티셔츠 두어 벌과 책 한 권이 전부였다. 책을 고르는 데는 망설일 것도 없었다. 책이 많지 않아 선택의 폭이 좁기도 하거니와 아무 때나 펼쳐도 부담 없는 책이면 되었다. 이미 여러 번 읽어서 어떤 페이지를 펼쳐도 되는 책.『데미안』을 가방에 넣고 지퍼를 닫았다. 괜히 가방을 무겁게 만들 이유가 없었다. 나갈 때는 가족들과 함께여도 돌아올 때는 나 혼자일 테니까. 나는 회심의 미소를 지었다. "여행 간다니까 준열이 형 엄청 좋아하네." 하고 넷째가 빈정거리든 말든.

문제는 비록 내 짐은 가벼울지언정 나머지 짐이 만만치 않다는 사실이었다. 누나는 날씨가 어떨지 모른다며 옷을 여러 벌 챙겼고 엄마와 아빠도 만일을 위해서라며 짐을 점점 추가했다. 도착하자마자 먹을 도시락부터 2박 3일 동안 우리가 일용할 양식이 든 아이스박스와 각종 그릇들, 텐트 같은 캠핑 용품까지 더해지자 한짐이 되었다. 거기에 쌍둥이와 막내는 장난감까지 보탰다.

"어머, 준열이네 이사 가세요?"

지나가던 이웃 아주머니가 눈을 동그랗게 뜨고 물었다.

"우리 소풍 가는데요."

막내의 대답에 아주머니의 눈이 더욱 커졌다.

"여행 가요."

엄마가 정정했다.

"꽤 오래 가시나 봐요. 짐이……."

아주머니는 말끝을 흐리며 우리가 옮기는 짐들을 살폈다. 엄마는 대답 대신 멋쩍은 웃음만 지어 보였다.

익숙해질 법도 하지만 여전히 피하고 싶은 사람들의 태도. 내 이름이 '준열이'이고, 이 골목에서 우리 집, 우리 가족을 일컬어 '준열이네'라고 하는 것이 나는 정말 가장 억울하다. 첫째나 막내도 아니고 생뚱맞게 셋째인 내 이름이 우리 가족의 대표로 쓰이다니.

물론 그럴 만한 이유는 있다. 바로 이 동네에 이사 올 때만 해도 셋째인 내가 막내였다는 사실이다. (내가 막내였다니! 그런 시절이 존재했다는 것조차 까마득하다.) 태생부터 무뚝뚝했던 형이나 성질이 곱지 않았던 누나에 비해 나는 귀염받을 조건을 골고루 갖추고 있었다. 일단 낯가림이 없고 순하기까지 했다. 아장아장 걷기 시작하던 어린 나를 두고 동네 사람들은 "준열아!"라고 부르며 서로 관심을 끌려고 했을 것이다. 그러다가 우리 집은 '준열이네'가 되었고 시대를 역행하며 내 밑으로 동생들이 줄줄이 태어나고 내가 어엿한 고등학생이 된 지금까지도 동네에서 '준열이네'로 불렸다. 살던 사람들이 떠나고 새로 이사를 온 사람들도 우리 형제 중에 누가 준열이인지도 모른 채 '준열이네'라고 했다. "준열이가 대체 누구일까?" 하며 동네 사람들이 소곤거리는 걸 내가 직접 들은 적도 있다. 그럴 때마다 답을 주는 사람이 있으니 이 동네 토박이 새롬정육점의 주인 부부였다. 아마도 새롬정육점이 있는 한 우리 집은 영원히 '준열이네'로 통할 것이다.

"동이는 안 오냐?"

짐을 나르며 형이 물었다.

"참, 동이는?"

누나가 묻고,

"동이 형은?"

쌍둥이도 동이를 찾았다.

"동이한테 얘기는 했고?"

아빠까지 나섰다.

"지금 중요한 건 동이가 아니잖아요."

나는 조용히 현실을 직시시켰다. 형수라고 주장하는 여자 덕인지 다행히 가족들은, 그러니까 동이의 말에 따르면 '외 8인'은 곧 내 말에 수긍했다. '준열이네'라고 불리는 것도 마땅찮은데 동이는 한술 더 떠서 우리 가족을 '맹준열 외 8인'이라고 일컬었다.

"가족 대표가 맹준열이면, '맹준열 외 8인'이잖아."

말해 놓고 동이가 키득거렸었다. 본인이 정한 이름이 마음에 들었는지 동이는 시시때때로 '맹준열 외 8인'을 운운하며 우리 집에 드나들었다. 동이가 '맹준열 외 8인'이라고 하는 건 나랑 있을 때뿐이라 정작 '외 8인'은 본인들이 어떻게 불리는지 모르니 기분 나쁠 일은 없었다. 안다 하더라도 다행이라고 생각할 것이다. 차라리 나도 '외 8인'으로 불리고 싶으니까. '외 8인' 앞에 붙은 '맹준열'은 '준열이네' 못지않게 거부하고 싶은 이름이었다.

"차가 진짜 넓네."

짐을 모두 싣고 나서 아빠가 감탄했다. 12인승 승합차는 광고에서 본 것처럼 실내가 넓었다. 최대 열두 명의 인원을 수용할 수 있는 데다 트렁크도 따로 갖추고 있었다. 그 많은 짐이 다 들어간다는 게 놀라웠다. '꿈을 실현해 주는 자동차'라는 카피가 실감났다.

"우리 가족이 다 타고도 자리가 남아요."

여자의 등장으로 혼란스러워하던 모습은 온데간데없고 엄마는 마냥 신기해했다. 우리가 한 차에 타고 여행을 간다는 사실에 상당히 감격한 얼굴이었다.

"네 덕에 우리 가족이 호강을 하는구나."

아빠가 넷째의 어깨를 두드렸고 넷째가 헤벌쭉 웃었다. 나는 이때까지도 넷째가 아빠의 명의를 도용해 응모한 신차 체험 이벤트에 당첨된 사실이 불운인지 행운인지 가늠할 수가 없었다.

"9인승이었어야 해."

누나는 말하며 형수라고 주장하는 여자를 쩨려보았다. 12인승 차를 얻게 된 건 우연일까, 필연일까. 어쨌든 많은 짐과 뜻밖의 손님까지 수용하고도 공간이 남는 걸 보니 좋은 차임에는 틀림없었다.

만약 우리 차가 9인승이었더라면 나는 기꺼이 형수라고 주장하는 여자에게 자리를 양보해 주었을 것이다. 그건 내게 절호의 기회였을 테니까. 누나 못지않게 이 여행이 싫었던 나로서는 차가 12인승이라는 것도, 낯선 방문객이 하필 출발 직전에 나타난 것도, 엄청 운이 나쁜 일이었다.

이번 여행에서 빠지기 위해 나는 한참 전부터 작전을 세워 두었다. 머리가 아프다, 열이 나는 것 같다고 밑밥을 던져 놓았고 어젯밤에는 밥도 걸렀다. 고픈 배를 부여잡고 내일이면 텅 빈 집에서 혼자 라면을 먹겠지, 생각했다. 상상만으로도 웃음이 새어 나왔다.

다만 적절한 때를 잡기가 어려웠다. 나 홀로 남아 집을 지키겠노라고 말할 타이밍. 내가 도저히 함께 갈 수 없는 상태라는 걸 인정받을 적절한 순간. 아무 때나 말을 꺼냈다가는 씨도 안 먹힐 게 분명해 가장 정신이 없고 시간을 지체할 수 없는 때를 치고 나가야 했다. 가족들이 짐을 옮기며 나설 채비를 하는 찰나에, 마지막 기회라 생각하고 나는 여행에서 빠지겠노라 선언할 계획이었다. 이런 예상치도 못한 변수가 생길 줄이야.

그렇다고 내가 포기한 건 아니었다. 여행의 일정은 2박 3일이니 가급적이면 빠른 시간 내에 나는 여행에서 중도에 빠져나올 것이다. 굳이 집이 아니어도 된다. 가족들에게서 멀어져 어디든 갈 수 있다면. 나를 제외한 여덟 명의 가족, 이제 아홉 명이 될지도 모르는 ('맹준열 외 9인'이라니! 생각만 해도 끔찍하다) 가족에게서 어떻게든 벗어나고 싶은 것이 난생처음 떠나는 가족 여행에서 나의 최대 목표였다.

"출발할까요?"

모든 준비를 마치고 운전석에 앉은 형이 룸 미러 각도를 맞추며 물었다. 운전석 옆의 조수석에는 아빠가 앉았고 그 뒤에는 누나와 쌍둥이가, 그 뒤에는 엄마와 막내, 그리고 형수라고 주장하는 여자가 앉았다. 아빠가 여자를 형의 옆자리로 안내하려 했지만 가는 동안 깊은 대화가 필요하다며 엄마는 여자를 자기 옆자리에 앉혔다. 나는 맨 뒷자리에 넷째와 함께 앉았다. 넷째는 자리에 앉자마자 휴대폰을 꺼내 게임을 하더니 곧이어 채팅을 시작했다. 느닷없이 들이닥쳐 우리의 형수라고 주장하는 외국인 여자에 대한 소식을 단체 채팅방에 올리고 있는 게 틀림없었다.

남들에게는 별것 아닌 일도 우리에게는 쉽지 않았다. 예를 들면 가족이 함께 탄 차가 바로 출발하는 일 따위가 그렇다. 형이 막 액셀을 밟았을 때 엄마는 전기와 가스를 껐는지 기억이 안 난다며 확인해 보라고 시켰다. 문 옆에 앉아 있던 누나가 마지못해 집으로 들어갔는데 예상대로 가전제품의 전원은 전부 꺼져 있고 가스 밸브도 완벽하게 잠겨 있었다. 누나는 차에 돌아와 앉았지만 이내 앞머리용 고데기를 안 가져왔다며 다급하게 또 차를 세웠다. 앞머리는 누나에게 생명이었다. 아마 나오기 직전까지 머리를 매만지다가 두고 왔을 것이다. 누가 대신 다녀올 수도 없어서 누나는 또 집으로 들어갔다가 몇 분 뒤에 돌아왔다. 겨우 출발하나 싶었는데 이번에는 막내가 갑자기 화장실에 가고 싶다고 했고, 여태 가만히 있던 쌍둥이까지 따라나섰다.

"이래서 출발이나 하겠어?"

누나가 말하자 형수라고 주장하는 여자는 수첩을 꺼내 뒤적이더니 "망건 쓰다 장 파합니다."라며 혼자 까르르 웃었다. "망건이 뭔지나 알고 하는 소리야?" 누나가 비아냥거려서 "누나는 알아?" 하고 물었다가 "넌 시끄러워!" 괜히 화만 들었다.

화장실에 갔던 동생들을 데리고 엄마가 마침내 차에 탔다. 아빠는 벌써 잠이 들어 머리가 어깨에 닿아 있었다.

"이제 진짜 갑니다."

형이 말했고, "출발!" 쌍둥이가 동시에 외치며 차가 막 움직였을 때였다.

"아, 안 돼!"

넷째가 다급하게 부르짖는 바람에 형이 급브레이크를 밟아 차가 덜컹 흔들렸다. 몸이 쏠리면서 넷째는 앞자리 의자에 이마를 박았다.

"뭐야, 또?"

누나는 있는 대로 성질을 냈다.

"아, 놓쳤어."

넷째가 게임에서 캐릭터를 놓친 걸 엄청 아쉬워하며 이마를 문질렀다. 넷째는 게임이라면 장르를 가리지 않고 두루 섭렵하고 있었다. 한때 유행했던 증강 현실 게임에 최근 다시 재미를 붙여 어디에서든 보이는 대로 캐릭터를 잡아들였다. 악당 캐릭터의 힘에 따라 포획 시 점수가 지급되는데, 플레이어가 있는 곳 주변을 재현한 게임 속 화면에서 넷째는 수많은 악당을 잡아 제법 상위 레벨에 속했다.

"저걸, 확!"

누나가 넷째를 향해 닿지도 않는 팔을 휘둘렀다.

"진짜 가도 되는 거지?"

형이 거듭 물었다.

"뭐야, 아직도 집 앞이야?"

정신을 차린 넷째가 창밖을 두리번거렸다.

"이러다가 바다는 볼 수 있으려나."

엄마가 불안하게 되뇌었다.

"바다? 어머니, 우리 바다 갑니까?"

형수라고 주장하는 여자가 엄마에게로 몸을 틀었다. 여행 가는 날인 줄 알고 온 것 같더니 정작 목적지도 모르고 따라나선 모양이었다. 여자가 바다라는 말에 격하게 반응해서인지 엄마는 바다도 가고 산도 갈 거라고 의외로 자상하게 알려 주었다.

"거기가 소풍이에요?"

막내가 엄마의 팔에 천진스럽게 매달렸다.

"어쩐지 불길해, 이 여행."

열 명을 태운 승합차가 골목을 빠져나올 때 누나가 혼잣말을 했고, 비로소 나는 이 여행에 동참하게 된 사실을 깨닫고는 절망에 빠졌다.

2
맹가네 가족회의

　결정적인 계기를 제공한 건 넷째였지만 이 여행의 발단은 그보다 몇 달 전에 있었다.

　날씨가 화창해서 좁은 거실 깊숙이 햇살이 들어온, 평소와는 다른 공기가 감돌던 일요일 오후였다. 따뜻한 봄의 기운이 완연하게 느껴지던 날. 활짝 열어 놓은 창문으로 들어오는 바람 때문에 커튼이 나풀거렸고 빌라 주변의 우거진 나무들은 안락한 분위기를 풍겼다. 이십 평이 조금 넘는 집은 늘 여기저기 짐이 쌓여 있거나 바닥에 잡동사니가 널려 있기 일쑤였다. 평소에 엄마는 청소는 해 봤자 금세 지저분해질 테니 괜히 기운 뺄 필요가 없고, 건조대의 빨래는 곧 입을 거니까 굳이 갤 필요가 없다는 확고한 신념을 가지고 있었다. 힘들어서 죽을 수는 있어도 더러워서 죽는 경우는 없다는 애매한 주장을 했다. 나머지 가족들도 청소에는 별 관심이 없었기 때문에 청소는 대부분 아빠 몫이었다. 그렇다고 아빠가 유난히 깔끔한 편은 아니었고 대강 앉을 자리를 치우는 정도였다. 하지만 그날은 달랐다. 무슨 바람이 불었는지 엄마가 청소기를 들고 나타나면서 집에 있던 가족들이 모두 대청소에 동원되었다. 오전 내내 청소를 하고 나니 모처럼 정돈된 오후를 보낼 수 있었다.

갓 제대한 형은 아르바이트를 알아보러 나간 참이었다. 누나는 앞머리를 정성껏 말아 올리고 공들여 화장을 한 뒤에 집을 나섰다. 독서실에 간다는 말이 거짓이라는 걸 증명이라도 하듯이 책 한 권도 안 들어가는 손바닥만 한 가방을 챙겼다. 휴대폰을 손에서 놓는 법이 없던 넷째가 웬일로 좁은 집을 배회하며 빈둥거렸고 거의 매일 드나들던 동이 자식은 그림자도 보이지 않던 날. 아빠는 벽에 기댄 채로 텔레비전을 보다가 어느새 낮게 코를 골았다. 엄마는 막내에게 요구르트를 떠먹이고 있었다. 본인들 몫의 요구르트를 벌써 먹어 치운 쌍둥이는 은근히 막내의 것을 노렸다. 나는 과제를 하려고 거실에 있는 컴퓨터로 인터넷 검색을 하던 중이었다.

얼핏 보기에는 여느 때와 다름없는 주말 같았지만 돌이켜 보면 평소와 확연히 다른 날이었다. 정돈된 집의 겉모습이나 나른한 날씨 때문만은 아니었다. 그러니까, 넷째가 집 안 여기저기를 다니면서 (동생들의 장난감 상자를 뒤적인다거나 등 뒤에서 내가 하는 일을 염탐하는 등) 쓸데없는 일에 주의를 기울이는가 하면 평소에는 가만히 앉아 있지를 못하는 쌍둥이가 어쩐 일인지 얌전히 있었던 데다가 엄마와 아빠가 함께 주말을 보냈다는 게 그랬다. 엄마와 아빠는 쉬는 날이 겹치는 경우가 없었다. 아빠는 달력에 표시된 빨간 날에만 쉬었고 엄마는 법정 공휴일이면 무조건 마트로 일을 나갔다. (엄마가 다니는 마트는 일 년 내내 문을 여는 '365마트'였다.) 쉬는 날을 다르게 잡은 건 여덟 살 쌍둥이와 어린이집에 다니는 다섯 살 막내를 번갈아 가며 챙기기 위한 엄마 아빠의 합의 사항이었다.

그런데 아빠가 돌연 회사를 그만두게 된 후에, 엄마마저 마트에 매일 나갈 수 없는 형편이 되었다. 인근에 대형 마트가 들어서면서 365마트의 매출이 크게 떨어졌고 엄마는 급여가 줄어든 대신 쉬는 날이 늘었다. 덕분에 모처럼 엄마 아빠는 휴일을 함께 보내게 된 것이다.

엄마는 스푼으로 요구르트를 바닥까지 싹싹 긁어 막내의 입에 넣어 주었다. 쌍둥이는 실망한 얼굴을 하고 텔레비전으로 관심을 돌렸다. 나는 과제를 하면서 흘끗흘끗 텔레비전을 보았다. 텔레비전에서는 연예인 가족이 여행을 떠나 식사를 하는 모습이 방영 중이었다. 연예인 가족의 일상을 관찰하는 형식으로 진행되는 예능으로 몇 년째 인기 있는 프로그램이었다.

내가 잠시 모니터의 학급 게시판에 정신이 팔린 사이 쌍둥이와 엄마의 웃음이 빵 터졌다. 쌍둥이 중 하나는 배를 잡고 바닥을 굴렀고 막내까지 오빠들을 따라 깔깔댔다. 꾸벅꾸벅 졸던 아빠가 번쩍 깨더니 텔레비전 화면을 향해 눈을 부릅떴다.

"맛있겠다."

"진짜 맛있겠다."

다섯째가 말하자, 여섯째가 따라 했다.

화면에는 정교하게 마블링된 고기와 각종 음식들이 가득 차려져 있었다. 출연자가 고기를 집어 불판 위에 올려놓았다. 지글지글 고기 굽는 소리가 청각을 자극했고 냄새까지 텔레비전 밖으로 흘러나와 코를 간질이는 것 같았다. 출연자가 고기를 한 점 집어 들며 감탄사를 내뱉자 카메라는 노릇하게 구워진 고기를 클로즈업했다. 잘 구워진 고기를 입 안에 넣는 상상을 하니 나도 모르게 침이 고였다. 화면 속 아이들은 아빠가 주는 고기를 맛보고는 엄지손가락을 들어 보였다. 그 장면에서 쌍둥이 중 하나는 입맛을 다셨고 나머지 하나는 화면 속 아이에게 빙의된 듯 입을 오물거렸다. 아빠가 끙 소리를 내며 몸을 뒤척였다. 아빠는 쌍둥이들을 따라 웃는가 싶다가 곧이어 굳은 얼굴로 띠리릭 텔레비전을 꺼 버렸다.

"왜요? 재밌게 보고 있는데."

엄마와 쌍둥이의 항의에도 아빠는 리모컨을 놓지 않았다. 그러고는 말했다.

"우리도 갑시다."

"네?"

엄마가 어리둥절한 얼굴로 되물었다.

"나들이도 가고 고기도 먹고."

아빠의 말이 떨어지자마자 쌍둥이가 펄쩍펄쩍 뛰었고 막내까지 덩실덩실 춤을 추었다. 엄마는 겨우 쌍둥이를 잡아 진정시켰다. 초등학교에 들어가면 얌전해질 거라고 믿었던 쌍둥이는 여전히 일곱 살 때의 성품을 유지했고 체력은 나날이 좋아졌다.

"아빠, 근데 나들이가 뭐예요?"

뒤늦게 막내가 물었다.

"소풍이지."

"소풍은 뭔데요?"

막내가 묻자 아빠는 잠시 눈동자를 굴렸다. 막내는 말이 더뎠다. 말뿐만 아니라 서고 걷는 것을 포함한 모든 일이 또래보다 늦어서 엄마 아빠의 걱정을 샀다. 설상가상 다니던 어린이집이 갑자기 문을 닫게 되어 친구들과도 헤어지면서 (옹알이만으로도 의사소통이 되던 친구들이었다) 새로운 어린이집에 적응하느라 애를 먹나 싶었는데, 다행히 작년 겨울이 지나면서 입이 트이기 시작했다. 해가 바뀐 뒤로 말도 빠르게 늘어 최근에는 무슨 말이든지 따라 하고 묻는 버릇이 생겼다. 그때마다 아빠는 할 말을 찾느라 쩔쩔맸다.

"저번에 우리가 김밥 싸서 갔던 거."

아빠가 쉽게 대답을 못하는 사이 다섯째가 건성으로 설명해 주었는데 막내는 바로 알아들었는지 눈을 반짝였다. 쌍둥이가 학교에서 현장 학습을 가던 날, 막내는 자기도 따라가겠다고 고집을 부렸었다.

"빨리 텔레비전이나 켜요."

엄마의 시큰둥한 반응에도 아빠는 당장 짐을 챙겨 떠날 듯이 적극적이었다. 나를 컴퓨터 앞에서 밀어내고서 가족 소풍에 적합한 장소를 물색하기 시작했다.

"어디가 좋을까?"

인터넷에서 장소를 검색하면서 아빠는 고민에 빠졌다. 좋은 관광지가 너무 많다는 사실에 새삼 놀란 것이다. 처음에는 별 호응을 보이지 않던 엄마도 아빠 옆에 앉아서 사진을 구경하며 "여긴 어디예요? 외국 아니에요?" 하고 관심을 보였다. 국내 어디라고 아빠가 일러 주면 엄마는 화들짝 놀랐다.

"우리나라에 이런 데가 있어요?"

한 번도 보지 못한 풍경에 엄마의 입에서 연신 탄성이 나왔다. 엄마의 반응 때문인지 아빠는 더 탄력을 받았다. 그러다가 점점 소풍이라는 소박한 바람과는 거리가 먼 장소로 눈독을 들였다. 서쪽에서 동쪽으로 이동하더니 남쪽으로 내려갔다.

"이 섬은 외국 휴양지 못지않네."

아빠의 말에 쌍둥이까지 컴퓨터 앞으로 달려들었고 막내도 따라왔다.

"우리, 섬에 가요?"

여섯째가 잔뜩 기대에 차서 묻자 엄마는 "아니야." 하고 뒤로 물러났다. 잠깐 사진들에 마음을 뺏겼지만 이내 현실을 깨달은 것이다. 어디가 됐든 아홉 식구가 움직이기에는 벅찬 일이라는 사실을. 주위를 얼쩡거리던 넷째도 이때쯤 본연의 모습으로 돌아가 휴대폰으로 관심을 돌렸다.

나는 거실 구석에서 조용히 상황을 지켜보았다. 엄마가 현실을 직시한 이상 아빠의 추진력도 곧 기세가 꺾이겠다는 걸 짐작할 수 있었는데 역시나 내 예상은 얼추 들어맞았다. 처음보다 아빠의 태도는 많이 수그러들었고 새 장소로 옮겨 갈 때마다 머리를 긁적거렸다. 쌍둥이들은 눈치 없이 여기가 좋네, 아까 본 데가 낫네, 자기들끼리 옥신각신했다. 막내는 궁금한 얼굴로 "아빠, 머리 간지러워요?" 하고 물었다.

"적당하지가 않아."

아빠는 남쪽에서 다시 동쪽으로, 서쪽으로 방향을 잃고 헤매다가 서울 근교로 돌아왔다.

"여기가 소풍이에요?"

막내가 손가락으로 모니터에 나온 풍경을 가리켰다. 푸른 바다가 끝없이 펼쳐진 하늘 아래 어느 곳.

"소풍이 뭔지도 모르는 바보!"

여섯째의 말에 막내는 급기야 울음을 터뜨렸다. 바보라는 말에 기분이 상한 것인지 소풍을 가고 싶어 그러는지 막내는 아예 엎드려 얼굴을 묻은 채로 어느 때보다 서럽게 울었다.

"그래, 어디든 가자!"

아빠는 막내를 달래며 선언하듯이 외쳤다. 엄마는 마침 다 개킨 옷을 들고 (엄마가 빨래를 정리하다니 여러모로 이상했다) 방으로 들어갔고 게임에서 졌는지 넷째가 "헐" 소리를 뱉었다.

그날 저녁에 아빠는 가족회의를 소집했다. 저녁 늦게 들어온 형이 마지막으로 자리에 앉았다. 가족 소풍을 갈 거라는 말에 가장 먼저 반발한 사람은 누나였다.

"가고 싶은 사람만 가면 되잖아요. 난 고3이라고요."

"누나 고3이었어?"

넷째가 웃음을 터뜨렸다.

"저는 그냥 집에 있는 게……."

"좋아요. 한 번도 가족이 다 같이 놀러 간 적이 없으니까 이번에 가요."

형의 말에 내 목소리가 묻혔다. 형은 아빠의 제안에 순순히 찬성했고 그 대답을 들은 아빠는 단 한 명도 빠져서는 안 된다고 쐐기를 박았다. 누나의 얼굴이 일그러졌다. 나는 말도 제대로 꺼내지 못하고 결정에 따라야 할 판이었다. 그래도 아홉 식구가 정말로 함께 움직일 수는 없을 거였기 때문에 크게 걱정은 안 했다. 하지만 아빠는 평소와 다르게 적극적으로 나섰다. 아빠의 그런 모습은 처음인 데다 엄마의 침묵까지 묘한 긴장감을 자아내서 나는 계속 눈치만 살폈다.

나는 가족들과 함께 움직이는 거라면 무조건 내키지 않았다. 아홉 식구가 줄줄이 다니면서 사람들의 시선을 받고 싶은 마음은 전혀 없다. '맹준열 외 8인'을 오롯이 받아들여야 하는 순간이 내게는 곤욕이었다.

"한 가족인가?"

"설마."

우리를 향한 사람들의 말과 표정이 훤히 그려졌다. 자율 주행 자동차까지 등장한 스마트 시대에 농경 사회를 방불케 하는 우리 가족이 '정상'으로 보일 리 없었다. 겉으로는 애국자라느니 부럽다느니 추켜세우다가도 돌아서면 혀를 내두른다는 걸 충분히 알고 있었다. 요즘 추세에 맞지 않는 가족, 시대에 어울리지 않는 사람들. 반박하고 싶다가도 우리가 보통의 집과 다르다는 게 분명하다고 느낄 때면 나 스스로도 수그러들었다. 사람들이 이해할 수 없는 평범하지 않은 집단에 내 의지와 상관없이 포함되었다는 현실이 나에게는 인생의 가장 큰 시련이었다.

게다가 가족 소풍의 모습은 안 봐도 뻔했다. 쌍둥이와 막내를 단속하느라 무엇 하나 제대로 즐기지 못하는 엄마와 아빠, 그런 엄마 아빠 뒤를 묵묵히 따르는 형, 입이 잔뜩 나와 빨리 집에 가자고 툴툴거리는 누나, 게임이나 하면서 정신을 파는 넷째. 그런 시간이 즐거울 턱이 없었다. 어차피 아홉 명이나 되는데 나 하나 빠져도 상관없을 것 같았다. 엄마나 아빠가 "셋째야! 준열아!" 하고 찾지만 않는다면. 혹여나 내 예상을 깨고 정말 소풍을 가게 되더라도 나는 소풍날까지 잠자코 있다가 슬쩍 빠질 수 있는 방법을 생각해 보기로 마음먹었다.

아니나 다를까, 소풍이라는 것이 우리 가족에게 호락호락 굴러올 리가 없었다. 목적지를 두고 식구들은 저마다 다른 의견을 냈다. 엄마는 한강에 가자고 했다. 잔디에 돗자리를 펴고 도시락을 먹으며 식구들이 공놀이를 하는 모습을 바라보는 것. 그게 가장 하고 싶은 일이라고 말할 때에는 엄마의 눈시울이 조금 젖어 드는 것처럼 보였다. 서울에 산 지 이십 년이 넘도록 한강공원은 버스를 타고 지나쳐 보기만 했을 뿐, 엄마가 그려 온 '이상적인 가족'의 모습은 한 번도 실현해 본 적이 없다고 했다.

엄마의 말이 끝나자마자 넷째가 딴지를 걸었다. 자기는 공놀이도 싫을뿐더러 잔디에 앉아 하루를 보내는 건 무의미하다는 것이다.

"하루 종일 게임이나 하는 건 유의미하냐?"

누나의 핀잔에도 굴하지 않고 넷째는 팝콘과 콜라를 먹으며 영화나 한 편 보는 게 낫겠다는 주장을 폈다. 팝콘과 콜라라는 말에 쌍둥이가 찬성표를 던졌다.

"아홉 식구가 영화관이라니."

누나가 바로 찬물을 끼얹었다.

"그러려면 전체 관람가를 봐야 해. 그런 영화는 내 취향이 아니라고. 그리고 쟤들이 두 시간을 가만히 앉아 있을 것 같아?"

누나가 쌍둥이를 가리켰고 마침 쌍둥이는 보란 듯이 칼싸움을 시작하며 소리를 질렀다. 엄마는 황급히 쌍둥이를 잡아 앉혔다. 소음에 민감한 아랫집 부부가 집에 있는 시간에는 쌍둥이의 절대 정숙이 필요했다. 쌍둥이는 불과 며칠 전에도 아랫집 부부 앞에서 엄마에게 한껏 꾸중을 들었다.

"그러니까 소풍 가는 걸 다시 생각해 보자고."

"그건 논점을 흐리는 얘기야. 일단 우린 처음으로 가족 소풍을 가기로 했어. 우리가 정해야 하는 건 장소지, 갈 건지 말 건지가 아니라고. 더 왈가왈부할 필요는 없어."

누나의 주장을 형이 단박에 잘랐고 엄마 아빠는 역시 우리 준규, 하는 얼굴로 형을 바라보았다. 대학생인 형은 우리 집의 유일한 지식인이었다. 비록 한 학년을 마치고 휴학을 한 뒤에 아르바이트만 하다가 군대에 갔고 제대 이후에도 복학은 못 하고 있지만.

얘기는 원점으로 돌아갔다. 쌍둥이는 놀이공원에 가고 싶다고 했고 형은 고궁이 어떻겠느냐고 의견을 냈다.

"셋째, 넌 어디로 가고 싶어?"

아빠가 묻자 누나가 "셋째는 어디 있어?" 두리번거렸다.

"형, 야구 좋아하잖아?"

내가 입을 열기 전에 넷째가 먼저 대답했다.

"차라리 야구장이 낫겠다."

누나까지 덩달아 호응을 해 주었다. 어차피 사람이 많은 곳이고 응원만 하면 되니까 괜찮겠다는 것이다. 넷째의 말과 달리 정작 나는 야구를 좋아하지 않았다. 동이가 야구를 볼 때 옆에 있었던 것뿐이다. 넷째와 누나의 말을 정정해야 하나 망설였지만 곧 그럴 필요가 없어졌다.

"난 야구의 '야' 자도 몰라."

엄마가 단호하게 선을 그었고 쌍둥이는 놀이공원에서 뜻을 굽히지 않았다. 나는 그냥 침묵을 지켰다. 섣불리 나섰다가 장소가 결정되기라도 하면 낭패였다.

"남산은 어때? 서울을 한눈에 내려다볼 수도 있고."

엄마는 서울에서 가장 가고 싶은 곳으로 한강공원에 이어 남산을 꼽았다. 나는 슬쩍 엄마와 아빠의 얼굴을 살폈다. 내가 기억하는 한 한강공원은 정말 가 본 적이 없지만 남산은 달랐다. 우리 가족이 완전체가 되기 전, 소풍을 갔던 기억. 가물가물한 기억 속에서 남산에 갔던 아주 어린 내가 얼핏 나타났다 사라졌다.

그사이 넷째는 "등산을 하자는 거예요?"라며 발끈했다.

"야, 중2! 넌 빠져!"

누나가 넷째를 무시하자 넷째가 자리를 박차고 일어났다.

"차라리…… 여행은 어떨까?"

아빠의 말에 모두들 "예에?" 놀라고 말았다. 넷째는 털썩 자리에 주저앉았다. 소풍 대신 여행이라니, 전혀 생각할 수 없던 전개다. 낮에 보았던 사진들로 마음이 동한 것인지 아빠의 바람은 어느새 부풀어 있었다.

"여행이 뭐예요?"

이번에도 막내가 물었고 "소풍이 여러 개 있는 거." 다섯째가 즉각 대답해 주자 막내는 "여행! 여행!" 하고 외쳐 댔다.

"난 제주도 아니면 안 가요."

누나는 배짱 있게 나왔다.

"그럼 여권 만들어야 되나? 비행기 타려면 얼굴 검사도 하고 그런다던데."

농담이라기에는 넷째의 얼굴이 지나치게 진지해 누나는 급기야 "쟤랑 꼭 같이 다녀야 돼요?" 호소하는 지경에 이르렀다.

한동안 국내의 유명 여행지들이 후보로 오르내렸다. 최근에 텔레비전에 나온 장소가 특히 많이 언급되었다.

"어디가 됐든 뭘 타고 이동할지가 가장 큰 문제야."

엄마가 걱정스레 꺼낸 말에 화제는 자연스럽게 교통수단으로 옮겨 갔다.

"사 대 오로 나누면 되겠네."

인원을 나눠 택시를 타면 된다고 아빠는 대수롭지 않게 여겼다. 여러 명의 교통비를 합치면 택시 두 대를 타는 비용과 크게 차이가 없을 것이며, 날이면 날마다 가는 여행이 아니기 때문에 그 정도 지출은 감수해야 한다는 것이다.

"다섯 명을 태워 줄까?"

엄마가 의문을 표하자 아빠는 막내는 아기니까 안고 타면 된다고 예의 해결책을 내놓았다. 사탕을 물고 있던 막내가 씩 웃자 통통한 볼이 더 볼록해졌다.

"다섯 살이 무슨 아기야. 덩치가 일곱 살만 한데."

누나의 말에 막내는 "언니, 미워!"라더니 아빠 뒤에 팔을 두르고 매달렸다.

"어이쿠."

아빠의 몸이 뒤로 넘어가며 신음이 흘렀다.

"확실한 건."

형이 입을 열자 우리는 일제히 형을 보았다. 장난감 카드를 가지고 실랑이를 하던 쌍둥이도 동작을 멈추었다.

"다섯 명이 택시를 타는 건 불법이라는 거예요."

형의 말에 다들 기운 빠진 얼굴을 했다. 순식간에 다섯째는 여섯째의 손에 있는 카드를 빼앗았고 여섯째는 우는소리를 하며 나오지도 않는 눈물을 쥐어짰다.

택시 세 대를 잡아야 한다는 형의 의견에 엄마가 그건 절대 안 된다고 못을 박았고 그럼 기차나 버스로 가자는 아빠의 대안에도 식구들 모두가 목소리를 높였다. 애들 울면 어떡하냐는 둥, 짐이 많을 거라는 둥, 다리가 아프다는 둥 이유도 가지가지였다. 넷째는 하품을 쩍 하더니 휴대폰으로 완전히 시선을 돌린 뒤에야 눈을 반짝거렸다.

"걸어갈 수 있는 곳으로 장소를 정하지 뭐."

아빠가 말했고 누나는 이때다 싶었는지 근처에 갈 바에는 안 가는 게 낫다면서, 여행이나 소풍 따위는 아무래도 무리라고 주장했다. 엄마는 엄마대로 얘기가 나온 이상 어디든 꼭 가고 말겠다며 의지를 다졌다. 내가 막 누나의 말에 동의하려는 찰나에 형이 먼저 입을 열어서 나는 또 말을 삼켰다.

"우리의 대화는 마치……."

형이 말을 멈춘 사이 아주 잠깐 침묵이 흘렀다.

"여당과 야당의 토론을 보는 것 같아."

"뭔 소리야?"

누나가 짜증을 냈다. 얘기는 결론에 도달할 듯하다 틀어져 원점으로 돌아오고, 그러다가 누군가가 다른 문제를 제기하면 저마다 자기 의견을 말하느라 열을 올렸다. 본인의 입장을 피력하되 좀처럼 상대의 뜻을 수용하려 들지 않기 때문에 밤새워 끝장 토론을 해도 합의점을 찾기는 어려울 터였다. 이쯤에서 회의를 무기한 연기하는 수밖에 없었다. 안타깝게도 가족 여행은커녕 소풍조차 물거품이 되는 것이다. 물론 나로서는 가장 바라는 바이지만.

"다 같이 움직일 방법만 해결돼도 좋을 텐데."

엄마가 힘없이 읊조렸다. 그때 휴대폰에서 눈도 떼지 않은 채 넷째가 한마디를 던졌다.

"그건 걱정 마세요. 제가 방금 신차 체험 이벤트에 응모했거든요."

엄마와 아빠, 형은 진이 빠진 얼굴로 넷째를 보았다. 누나는 넷째의 뒤통수를 때리면서 자리를 털고 일어났다.

"이벤트 같은 소리 하네."

3
가문의 영광

우리 가족은 아홉 명입니다.

나와 아내는 스라에 일곱 명의 자식이 있습니다.

궁술 좋은 부부이지요.

그러나, 우리 가족은 여태 나들이도 한 번 못 가 봤습니다.

왜냐하면은 차가 없기 때문입니다.

상상을 해 보십시요!

아홉 명이 버스나 전철을 타고 움직이게 되면은 무척 어렵습니다.

더군다나 막내는 아직 아기입니다.

차만 있다면 우리 아홉 가족이 산과 바다를 보러 갈 작정입니다.

요즘 같은 시국에 애국하는 우리 가족을 부디 외면하지 말아 주시길 부탁

합니다.

넷째가 쓴 글을 읽는 동안 나는 얼굴이 활활 타오르는 느낌이 들었다. 물론 Z자동차 신차 체험 이벤트에서 중점을 두고 본 부분은 맞춤법이나 문장력이 아니라 응모자의 조건과 상황이겠지만 '스라', '굼술'과 '하면은, 되면은, 해 보십시요!' 같은 부분을 읽으며 나는 넷째의 국어 실력에 경악을 금할 수 없었다. 마지막 문장에서 '시국'과 '애국'이라는 단어도 마음에 안 들었다. 넷째를 향한 분노가 끓어올랐다. 저게 진정 중학생이란 말인가.

"내가 쓴 글이 당선되다니."

넷째는 본인이 쓴 글을 공개하며 자랑스럽게 가슴을 폈다.

"당선이 아니고 당첨이야."

내 지적에도 넷째는 엄연히 심사를 거쳐 뽑힌 거라며 자부심을 가졌다. 컴퓨터 화면에 띄워진 글을 읽고 우리 가족은 한동안 말을 잃었다.

"그, 그러니까, 이걸로 뽑혔단 말이냐?"

아빠가 손가락으로 화면을 가리키며 물었다. 말까지 더듬는 이유야 알 수 없지만.

홍보실 직원에게서 전화가 왔을 때 아빠는 저녁 준비를 하고 있었다. 국을 휘젓고 있던 아빠가 스피커 통화를 눌렀다. 밥상에 식구들의 수저를 놓으며 나는 아빠의 휴대폰에서 흘러나오는 직원의 들뜬 목소리를 들었다.

"축하드립니다. 이벤트에 당첨되셨습니다! 이벤트 기간 동안 본인이 부담하실 부분은……."

"거, 젊은 사람이 그런 일을 해서야 되겠나?"

아빠는 국자를 내두르며 직원에게 호통을 쳤다. 의문의 전화를 '보이스피싱'이라고 확신한 것이다.

"당장 나쁜 놈들 밑에서 나오게. 떳떳하게 살아야지!"

아빠가 엄하게 타일렀다.

"죄송합니다."

직원은 이내 수그러들었다.

"그래도 차는 받으셔야지 안 그러면 제가 정말 곤란해집니다. 결정은 위에서 했고 저는 통보하는 일만 맡은 건데 제대로 처리를 못 하면……."

직원의 목소리가 잦아들었다. 마음이 한결 누그러진 아빠가 직원에게 자수를 권유하며 전화를 끊으려는 순간에 누나가 방에서 뛰어나왔다.

"차요, 차! 넷째요!"

누나의 말에 나는 퍼뜩 넷째의 말이 떠올랐다. 아빠도 그랬는지 들고 있던 국자를 텅 떨어뜨렸다.

넷째가 아빠의 명의를 도용해서 Z자동차 회사의 신차 체험 이벤트에 응모를 했고, 우리 가족이 당첨된 것이다. 우리는 Z자동차에서 야심차게 내놓은 12인승 승합차를 육 개월 동안 무료로 탈 수 있는 기회를 얻었다. 그 대신 차량 이용 후기를 매달 보고서처럼 제출해야 하는데 넷째는 그쯤은 아무것도 아니라며 자신만만 해했다.

"집 안에서 가족들의 일상 사진을 좀 찍고요, 야외로 나가서 차 앞에서도 몇 장 찍을게요."

얼마 뒤 Z자동차의 홍보실장이 찾아와 말하자, 아빠와 엄마는 얼떨떨한 얼굴로 승낙했다. 처음에 전화로 소식을 알려 왔던 직원도 동행했는데 아빠는 아는 사람이라도 만난 것처럼 반갑게 맞아 주었다. 직원도 아빠의 손까지 잡으며 인사를 나누었다.

"사진은 벌써 찍었잖아요!"

누나가 홍보실장 앞에다 신문을 펼쳐 보였다. 경제 신문 한 면에 엄마와 아빠의 기사가 떡하니 실려 있었다. '행운의 주인공 맹기호, 김미영 부부'라는 설명 위로 사진 속에서 아빠는 막내를 안고 있었고 똑같은 옷을 입은 쌍둥이가 엄마 옆에 차렷 자세로 서 있었다. 사진 속에는 Z자동차의 임원과 홍보실장도 함께였다. '신차 무료 시승'이라는 표지판을 들고 있는 엄마 아빠의 웃음은 무척이나 부자연스러웠다.

"그건 보도자료 때문에 찍은 거고요, 이번 사진은 다른 용도예요. 그리고 가족 전체를 찍어야 의미가 있지요."

홍보실장의 말이 빨라졌다.

"용도라는 말이 좀 거슬리네요. 초상권이 있는데. 우리 얼굴을 마음대로 써도 된다고 허락한 적도 없고요."

형의 말에 홍보실장이 안경을 추켜올렸고 누나는 격하게 고개를 끄덕였다.

"사보에 여러분 가족 이야기를 실을 예정이에요. 동의 없이 여기저기 사진이 쓰일 일은 없으니까 걱정 마시고요."

홍보실장이 손까지 내저어 가며 설명했다. 그 모습을 줄곧 관찰하던 막내는 "근데 왜 눈을 감고 말해요?"라고 물었다. 안경 뒤에 가려진 홍보실장의 눈이 감은 것인지 뜬 것인지 분간이 되지 않았나 보다. 홍보실장은 막내를 향해 억지로 웃어 보였다.

우리 가족은 홍보실장의 요구대로 몇 장의 사진을 찍었다. 가족이 모두 나와야 한다고 주장하는 통에 누구 하나 빠질 수가 없었다. 무료 시승이라는 덫에 걸린 '을'이 된 기분이었다. 요구대로 하지 않으면 당첨을 취소할지도 모르니 일단은 순순히 따르자는 아빠의 말에 나도 억지로 촬영에 동참하고 말았다.

Z자동차의 직원은 연신 셔터를 눌렀다.

"웃으세요."

직원의 말에 다들 기계적으로 입꼬리를 올렸다. 나는 넷째 옆에 앉아 최대한 얼굴을 가렸다. 내가 모르는 누군가가 내 사진을 본다고 상상하자 웃고 싶은 마음이 들지 않았다. 거실에 둘러앉은 모습을 찍을 때는 등을 슬쩍 돌렸고 쌍둥이와 막내의 낙서가 가득한 벽을 배경으로 찍을 때는 포즈를 취하는 척하며 한 손으로 얼굴을 반쯤 가렸다. 마지막 사진은 빌라 담벼락에 세워진 차 앞에서 찍었다.

세상에 나온 지 얼마 안 된 은색 승합차는 우리 가족의 시선을 한눈에 사로잡았다. 엄마가 조심스럽게 차를 몰고 와서 빌라 주차장에 세우던 날, 나도 차에 홀려 넷째에게 잠시나마 고마운 마음이 들 정도였다. 이런 고급스러운 차가 우리에게 오다니! 당첨이라는 행운이 우리 집에 깃들다니! 우리 가족의 앞날에 광명이 비치는 느낌이었다.

"육 개월 동안 잘 부탁한다."

군대에서 운전병이었던 형은 반려동물에게 하듯이 자동차를 가만가만 쓸어 주었다.

"이건 가문의 영광이다."

아빠가 감격스러워했다. 아빠는 우리한테 조금이라도 특별한 일이 생기면 '가문의 영광'이라는 말을 곧잘 꺼냈다. 영광이라고 하기에는 무척 소소한 일들이 대부분이었다. 가령 쌍둥이가 받아쓰기 시험에서 백점을 받는다거나 누나가 학교 축제 무대에서 공연을 한다거나 하는 일들이었다. 아주 오래전, 우리 가족이 텔레비전에 나올 뻔한 일이 성사되었더라면 가장 큰 가문의 영광이 되었을지는 모르지만.

막내가 태어나기 전이었고, 고등학생이던 형이 한창 중간고사 준비에 열심이었던 때라 정확히 기억이 난다. 엄마 아빠가 거절 의사를 밝혔는데도 방송국 사람들이 불시에 집으로 찾아왔었다. 하필 엄마 아빠는 없고 우리끼리 있을 때였다. 낯선 사람들의 방문에 나는 호기심이 일었는지 사람들 주변을 어슬렁거렸으나 (지금의 나라면 절대로 하지 않았을 일이다) 방송국 사람들은 내게 별 관심을 두지 않았다. 형은 방 안에서 공부에 집중하고 있던 터라 말을 붙이기가 어려웠기 때문에 질문은 누나에게로 향했다.

"맹준나 양? 동생들도 많이 돌봐 주죠?"

작가라고 본인을 소개한 누나가 우리 누나에게 친절하게 질문을 던졌다. 대답을 받아 적으려는 듯 펜과 수첩을 꼭 쥔 채였는데, 누나는 잠깐의 망설임도 없이 "제가요? 왜요?" 되물었다.

"대개 부모님이 안 계실 때는 형이나 누나가 동생들을 봐주게 되잖아요."

작가 누나의 상냥한 대답에도 불구하고 막 사춘기에 접어든 누나는 조소를 숨기지 않았다.

"우리 집은 뭐든 셀프예요. 쟤는 걸음마를 시작할 때부터 분유도 직접 타 마셨다니까요."

누나가 넷째를 지목하자 형의 휴대폰으로 게임에 빠져 있던 넷째가 벌떡 몸을 일으키며 "내가?" 하고 스스로 대견하다는 듯 함박웃음을 지었다. 때마침 자기들을 상대해 줄 사람을 물색하던 쌍둥이가 슬금슬금 다가와 넷째의 양쪽 어깨에 하나씩 매달렸다. 넷째의 비명과 쌍둥이의 외침이 집 안에 울렸다. 넷째는 쌍둥이를 구석에 내동댕이치고는 방으로 도망쳤다. 쌍둥이는 잠긴 방문을 두드리며 외계어 같은 말들을 (쌍둥이가 고작 몇 단어를 말할 수 있을 때였다) 부르짖었다. 방송국 사람들은 한동안 멍하니 쌍둥이를 보았다. 작가 누나는 그제야 내가 눈에 들어왔는지 옆으로 바짝 당겨 앉았다.

"셋째라면 서운한 일도 많겠어요."

대답을 해야 할 것 같은데 나는 선뜻 입을 열 수가 없었다. '서운한 일'이라는 말만 머릿속에 맴돌았다.

"형제가 많으니 부모님의 관심도 분산되고 그러다 보면 혼자 해결해야 할 일도 많잖아요?"

내가 머뭇거리자 작가 누나가 질문을 바꾸어 물었지만 역시나 나는 대답을 하지 못했다. 엄마 아빠의 관심이 특별히 내게 쏠리는 걸 원한 적도 없었고 혼자 해결해야 하는 일이 많다는 게 정확히 무슨 뜻인지도 이해하지 못했다. 초등학교에 입학할 정도가 되면 대부분의 일은 혼자 하는 거 아닌가 싶은 생각이 들 뿐이었다. 마침 형이 방문을 홱 열고 나왔다. 모두의 이목이 형에게 집중되었다.

"외동은 부모의 사랑과 관심을 독차지한다, 반면 형제가 여럿이면 사랑과 관심도 적게 받는다, 그런 논리인가요?"

말을 마친 형이 방송국 사람들을 하나씩 쏘아보았다. 형의 표정에 분위기가 어색해졌다. 방송국 사람 중 하나는 다른 이에게 귓속

말을 했다. 어떻게든 우리 가족을 섭외하고 싶었는지 작가 누나만
"우리가 공부하는 데 좀 방해가 되죠?" 하고 웃어 보이며 평정심
을 유지하려 애썼다.

"좀이 아니라 많이요."

무표정한 얼굴을 한 채로 이어진 형의 말에 결국 일은 완전히
틀어졌다. 귓속말을 하던 사람이 먼저 자리를 털고 일어났고 작가
누나도 다른 사람과 서로 눈짓을 주고받은 후에 수첩과 펜을 가방
에 넣었다.

"우리 가족은 프로그램 취지와 안 맞는다는구나."

저녁에 퇴근을 하고 온 아빠가 소식을 전해 주었다.

"가족들 인터뷰만이라도 하게 해 달라고 귀찮게 굴더니."

인터뷰 요청을 계속 거절해 온 엄마도 속이 후련한 눈치였다. 돌
이켜 보면 우리 가족이 섭외되지 않은 건 우리뿐 아니라 방송국,
무엇보다 시청자들을 위해서 정말 다행스러운 일이었다.

분명한 사실은 우리 가족에게 일어났던 여타의 일들에 비하면
이벤트에 당첨된 건 그나마 영광스러운 일이라는 사실이었다.

"자, 찍습니다!"

직원의 손가락이 움직이는 것과 동시에 나는 정신을 차려야지
하다가 얼결에 눈을 감았다.

Z자동차에서는 증정받은 차 앞에서 찍은 사진을 확대해서 액자
에 넣어 주는 친절을 보였다. 우리의 첫 가족사진이었기 때문에 아

빠는 거실에 못을 박아 액자를 걸었다. 가장자리에서 게슴츠레 눈을 뜨고 있는 내 사진을 보고 동이가 낄낄거렸다. Z자동차에서는 사보도 몇 권 보내 주었는데, 넷째가 쓴 이벤트 응모 글도 함께 실려 있어 나는 사보를 펼치자마자 던져 버렸다.

"이름은 '지니'로 정했어요."

내 기분과는 상관없이 넷째는 자동차에 이름까지 붙여 주며 의미를 부여했다. '지니'라는 이름이 부드러우면서도 강한 느낌이 든다며 이유를 밝혔다.

"소원 들어주는 지니?"

"램프 요정?"

쌍둥이는 얼마 전에 본 동화를 생각해 냈고 "요정은 팅커벨이잖아." 넷째는 엉뚱한 소리를 했다.

"어쨌든 친숙한 이름이구나."

"그러게요."

아빠와 엄마의 반응과 달리 누나는 "친숙은 무슨, 끔찍하네요!"라며 넷째를 향해 눈을 부라렸다.

"혹시 우리가 아는 그 진이랑 상관있니?"

형의 물음에 넷째는 자동차를 보자마자 떠오른 영감일 뿐이라면서도 "진이 형은 잘 지내려나?" 하고 오래전 과거를 떠올리는 듯 눈을 감았다.

진이 형은 우리 빌라 옆 동에 살며 누나와 앙숙처럼 지내던 사이였다. 원래 이름은 찬진인데 다들 진이라고 불렀다. 형은 여린 외모에 부드러운 성품이었기 때문에 얼핏 동갑인 누나와는 전혀 다른 사람처럼 보였다. 우리들과도 잘 놀아 주고 종종 간식도 사 줬다. 중요한 건 진이 형은 때에 따라 백팔십도로 변할 수 있는 사람이라는 점이었다. 특히 승부에 있어서는 양보가 없었다. 우리 누나와 진이 형은 같은 체육관에서 태권도를 배웠다. 승급 심사를 누가 먼저 통과하는지를 두고 둘은 경쟁했다. 누나와 진이 형을 핑계 삼아 우리는 가끔 체육관에 놀러 갔고, 우연히 보게 된 둘의 '맞짱' 뜨는 장면은 진이 형이 이사를 간 지 오 년이 지난 지금까지도 내 기억에 생생하게 남아 있다. 그때 나는 우리 누나가 누군가에게 힘에서 밀려 넘어질 수도 있다는 사실에 충격을 받았고 넷째는 옆에서 진이 형을 응원했다. 최종 승자는 누나였으나 둘 모두 분한 얼굴로 돌아섰다.

이름의 어원은 확실하지 않지만 아무튼 '지니'가 우리 집에 오던 날, 가족이 모두 타고 동네를 한 바퀴 돌고 온 뒤로 지니는 줄곧 빌라 담벼락 아래 서 있었다. 아빠는 아침저녁으로 지니를 세심하게 살폈다. 엄마도 퇴근을 하고 들어오면서 지니의 안부를 전하고는 했다.

"먼지가 잔뜩 앉았네. 주말엔 세차라도 해야겠어."

"지금 지니가 원하는 건 세차가 아니라고요!"

넷째는 지니를 타지 못해 안달이었다.

면허만 있지 운전을 거의 해 본 적이 없는 아빠는 어린이집에 막내를 데리러 갔다가 지니의 옆구리를 긁히고 온 다음부터 운전대를 잡지 않았다. 형은 형대로 편의점 아르바이트를 하고 밤이 되어야 집에 들어와 지니는 거의 붙박이 자동차가 되어 갔다. 이래서는 후기를 쓸 수 없다며 머리를 쥐어뜯는 넷째의 모습에서 깊은 창작의 고통이 느껴졌다.

"차가 생긴 건 하늘의 뜻이지."

아빠는 가족사진 아래서 결연한 표정을 지었다. 그러고는 얼마 전 무산되었던 가족회의를 다시 소집했다. 지니가 왔으니 지난번 미루었던 여행을 추진하자고 밀어붙였다.

"그 얘긴 끝난 거 아니었어요?"

쌍둥이와 막내의 환호 속에서 누나는 이번에도 발끈하고 나섰다. 넷째는 드디어 지니의 진가를 체험할 때라며 무조건 찬성했다.

"아르바이트 시간이 조정될지 몰라서요."

지난번과 달리 형은 뒤로 빠졌다. 엄마도 선뜻 대답을 망설였다. 아빠가 구원을 요청하듯 나를 보았지만 나는 딴청을 부렸다.

가족들의 반응에 아빠는 어깨가 조금 처졌다. 경비 일을 한 달 만에 그만두게 된 뒤로 아빠는 여전히 구직 중이었다. 며칠 전에는 오랜만에 면접을 보고 왔다. 원래 아빠가 했던 일과 (아빠는 구두 만드는 일을 했었다) 전혀 상관없는 일이지만 어디든 괜찮다며, 금방 적응할 수 있을 거라고 잔뜩 기대를 걸었다. 하지만 돌아왔을 때 아빠의 얼굴은 어두웠다. 사장은 기껏 아빠를 불러 놓고 나이와 관련 경력이 없음을 문제 삼았다. 애초에 서류로 검토해 놓고 굳이 사람을 오라 가라 한 이유를 나로서도 이해할 수가 없었다.

"그래. 너희 뜻이 정 그렇다면……."

아빠가 힘없이 말하며 자리에서 일어나려고 무릎을 세울 때였다.

"가요, 가. 가자고요."

엄마가 결심한 듯 말했고 아빠는 반색하며 도로 자리에 앉았다.

"가고 싶은 사람만 가면 되잖아요."

누나의 목소리가 커졌다. 그럼 나는 빠지겠다고 입을 열려던 참에 "좋아요." 형이 먼저 치고 나왔다.

"뭐지? 언젠가 본 것 같은 이 장면은?"

넷째가 고개를 갸우뚱거렸다.

"남들 다 가는 여행, 우리도 갈 수 있다는 걸 보여 주자고요."

엄마의 말은 어딘가 모호했다. 누구에게 보여 주겠다는 것인지가 특히 그랬다. 엄마는 마트에서 일한 삼 년 동안, 길게 휴가를 낸적이 없었다. 최근에 엄마의 뜻과 상관없이 며칠씩 쉬는 날이 생기더니 결국은 마트가 폐점하게 되면서 엄마도 실직을 하고 말았다. 엄마는 널린 게 마트고 마트가 다 거기서 거기라며 바로 일자리를 구할 수 있을 것처럼 말했지만 생각만큼 여의치 않았다. 아빠의 실직에 엄마까지, 이런 상황에서 평소의 엄마라면 여행은 꿈도 꾸지 않았을 것이다. 이유는 짐작하기 어려워도 무언가가 엄마를 자극

했다는 느낌은 엄마의 아들로 산 십칠 년 동안의 직감으로 알 수 있었다.

형이 말했던 여당 대 야당의 토론은 또 한 번 불붙었다. 지니가 있어 이동은 해결되었어도 여행지를 정하는 건 여전히 문제였다.

"캠핑이 대세라지?"

텐트는 책임지고 빌릴 수 있다면서 아빠가 은근슬쩍 말을 흘렸다. 문득 지난번에 숙박비를 헤아리던 아빠의 모습이 떠올랐다.

"아홉 명이 어떻게 텐트에서 자냐고요!"

누나가 소리를 지르자 엄마는 크게 숨을 내쉬더니 누나를 그윽하게 바라보았다.

"난 꼭 바다를 보고 싶구나."

엄마의 눈길이 잠시 초점 없이 허공에 머물렀다. 입가에 옅은 미소를 띠고서.

"엄마는 한강공원이라면서요."

누나의 지적에 엄마는 "아무렴 강보다는 바다가 좋겠지." 대답했다. 자신은 바닷가 모래사장에 돗자리를 펴고 앉아 있을 테니 우리는 꼭 비치 볼을 챙겨야 한다고 일렀다.

"더워 죽겠는데 바닷가에서 웬 돗자리?"

누나가 앙알거렸다.

넷째는 계곡에 가고 싶다고 했고 쌍둥이와 막내는 시위를 하듯 "소풍! 여행!"을 구호처럼 외쳐 댔다. 형은 템플 스테이는 어떠냐면서 며칠 조용히 쉬다 오기에 알맞은 산사를 알고 있다고 했다.

"다른 사람들 생각은 안 해?"

누나가 쌍둥이를 가리키며 반기를 들었다. 그러더니 꼭 여행을 가야만 한다면, 하룻밤은 정말 좋은 숙소에서 자고 싶다고 말하는 것으로 한발 물러났다.

잠깐이라도 갖고 싶고 누리고 싶은 소망들. 하지만 나는 그런 건 바라지도 않았다.

"저는 그냥 가까운 데요. 어디든."

마지막으로 내가 의견을 냈다. 어차피 나는 이 여행에 동참하지 않을 작정이니까, 어쩔 수 없이 낀다 해도 적당한 순간에 빠져나올 것이므로, 집과 멀리 떨어진 곳까지 가서 시간 낭비를 할 필요가 없었다. 나는 최대한 가까운 곳이면 되었다.

"어떻게 할까요?"

모두의 의견을 듣고 난 뒤에 형이 물었다. 우리 가족에게 가장 어려운 난관인 합의를 봐야 하는 시점이 왔다. 서로 우기기만 하다가 결론을 내지 못할 게 분명하다고 예상했으나, 처음으로 내 예측이 빗나갔다. 엄마는 굳은 의지를 띤 얼굴로 선언했다.

"지금까지 얘기 나온 걸 다 하는 거야."

"네에?"

우리가 동시에 되물었다.

"여보, 그건……."

아빠는 이벤트에 당첨되어 국자를 놓친 때만큼이나 놀란 얼굴이었다.

"하나씩 하면 되지, 못할 게 뭐 있겠어?"

엄마는 세상 두려울 게 없다는 태도였다.

"나에게도 그 정도 권리는 있다고!"

엄마는 날치기 통과를 시키듯 회의를 결론짓고는 방으로 들어가 버렸다. 누가 뭐라고 할 새도 없었다. 누나가 말도 안 된다며 흥분을 감추지 못하는 가운데 아빠가 엄마를 따라 방으로 들어갔고 형은 무슨 생각을 하는지 묵묵히 방바닥만 내려다보았다. 어쩌면 형도 나처럼 엄마가 왜 '우리'가 아닌 '나'라고 했을까 곱씹어 보는 중인지도 모른다고 추측했는데, 나중에 떠올려 보니 그때 형은 이미 사고를 치고 난 뒤였던 것 같다. 엄마와 아빠에게 형수가 될 여자에 대한 얘기를 밝혔던 게 틀림없었다.

4
회색빛의 하늘이

"언제 도착해요?"

다섯째가 묻자 여섯째가 "답답해!" 하고 몸을 비틀었다. 좁은 공간에서 얌전히 앉아 있을 녀석들이 아니었다.

창밖을 보는 엄마의 미간이 살짝 좁아졌다. 도로는 차들로 꽉 막혀 있었다. 고속도로에 진입한 뒤로 우리 차는 버스와 9인승 이상 승합차만 갈 수 있는 전용차로를 무난하게 달려왔다. 줄지어 늘어선 다른 차들을 뒤로하고 보란 듯이 달릴 때의 기분이란! 우리 가족이 특별히 선택받았다는 생각마저 들었다. 하지만 공사 지점에 이르자 지니 또한 정체 대열에 들어서게 됐다. 여행 시기를 여름휴가의 절정기에 잡은 것이 잘못이겠지만 엄마 아빠는 그것도 휴가의 묘미라며 극구 이때를 고집했다. 아마도 엄마 아빠에게는 연휴 기간만 되면 뉴스에 나오는 차량 정체마저 선망의 대상이었던 것 같다.

아침부터 구름이 잔뜩 낀 하늘은 어두웠다. 마치 구름이 우리를 따라오기라도 하듯 멀리서 볼 때는 맑아 보이던 하늘도 가까이 가면 먹구름이 떠 있었다. 우리 가족이 난생처음 떠나게 된 소풍이자 여행인 여름휴가는 누나의 예언처럼 어딘가 불길함이 풍겼다.

엄마가 상상한 여행은 어떤 것이었을까. 쾌청한 하늘이 펼쳐진 날, 쌍둥이와 막내는 차 안에서 노래를 부르고 서울을 벗어난 차는 시원하게 도로를 달린다. 직장과 집 말고는 다니는 곳이 거의 없던 엄마에게는 평범한 풍경들마저 특별하게 다가올 것이다. 우거진 나무와 푸른 산, 반짝이는 강을 따라가거나 해안 도로를 달리는 상상을 했을 수도 있다. 배가 고프면 국도 변에 자리 잡은 낯선 음식점에 들러 그 지역에서 유명한 음식을 먹는다. 식구들이 맛있게 먹는 모습을 보며 흐뭇하게 웃고 있을 엄마. 그런 행복이 동반된다면 작은 문제쯤은 괜찮다. 설령 꽉 막힌 도로에 갇혀 있어도 엄마는 개의치 않을 것이다.

여행을 준비하는 동안 엄마는 누구보다 설레어 했다. 며칠 전부터 미리 짐을 챙기며 콧노래까지 불렀다. 아빠에게 선물로 받았지만 한 번도 쓴 적이 없던 모자도 꺼냈다. (솔직히 아빠가 모자를 사왔을 때 과연 저 모자를 언제 쓸 수 있을까 반신반의했었다.) 모자가 커서 상대적으로 엄마의 얼굴이 작아 보였는데 엄마는 그래서 더 마음에 들어 했고 아빠도 매우 뿌듯해했다.

"딸이랑 자매인 줄 알겠어요."

사람들이 인사치레로 말을 건네면 엄마는 손으로 입을 가리고 작게 웃었다. 크게 웃으면 눈가에 주름이 잡힌다는 걸 알았다.

엄마는 일상이 아무리 고단해도 최소한의 품위를 유지하고 싶어 했다. 칠 남매를 키우느라 어쩔 수 없다는 말은 스스로 용납하지 않았다. 여행지에서 품위를 갖추고 행복해하는 자기 모습도 머릿속으로 상상했을 것이다. 하지만 현실은 늘 상상과 다른 법.

"지겨워!"

쌍둥이 중 하나가 몸부림치자 다른 하나가 따라 했다. 다섯째와 여섯째는 쌍둥이 중에서도 각별한 쌍둥이였다. 일란성 쌍둥이더라도 다른 구석이 있을 법한데 둘은 생김새부터 성격까지 거의 복제 인간 수준이었다. 가끔은 가족들마저 헷갈려 했고 이를 이용해 쌍둥이는 일부러 쑥덕쑥덕 가족들을 속여 먹을 때가 종종 있었다. 가령 둘 중 하나가 사고를 치고 아무 일도 없었다는 듯이 얌전히 있으면 방금 사고를 친 게 누구인지 따지다가 결국 아무도 안 혼나고 지나가는 식이었다. 그런 면에서 쌍둥이는 죽이 제법 잘 맞았다.

어떻게든 자리에서 일어나려는 쌍둥이와 억지로 쌍둥이를 잡아 앉히려는 엄마 때문에 차 안은 점점 수선스러워졌다. 결정적으로 여섯째가 엄마의 모자를 깔고 앉는 바람에 엄마는 잠시 품위를 상실하고 소리를 지르고 말았다.

"모자는 제발, 좀!"

여섯째는 다섯째가 밀었다면서 책임을 떠넘겼고 다섯째는 저대로 억울함을 호소했다. 엄마가 최후의 수단으로 가방에서 과자를 꺼낸 뒤에야 쌍둥이는 겨우 잠잠해졌다. 그 틈을 타서 넷째가 입을 열었다.

"형수님은 러시아 어디에서 오셨어요?"

"형수 같은 소리 하네. 러시아 어디라고 하면 네가 알아?"

누나가 넷째를 흘겼다. 엄마는 그제야 형수라고 주장하는, 엄마에게는 며느리가 될지도 모를 여자가 곁에 있다는 걸 깨달았는지 깜짝 놀라 여자에게 시선을 돌렸다. 그러고는 "준나, 너. 말을 그런 식으로 하면 되겠니?"라며 누나를 은근히 나무랐다. 아무리 느닷없이 등장했더라도 우리 손님이었고 어쩌면 예비 가족이었다. 더욱이 엄마가 우리를 몇 째가 아닌 이름으로 부를 때는 조심해야 한다. 그건 일종의 경고였다. 엄마가 중요시하는 품격을 갖추지 않으면 바로 응징이 들어올 터였다.

"오늘 처음 만났는데 뭘 어쩌라고요?"

누나가 불퉁스럽게 대꾸하고 입을 닫았다.

"나는 툴라에서 태어났습니다. 그리고 모스크바에서 오래 살았습니다."

형수라고 주장하는 여자는 말투가 어색했지만 발음은 나쁘지 않았다.

"거봐, 다 알아듣는다니까."

누나는 여전히 형수라고 주장하는 여자를 의심하고 있었다. 순간 차가 한쪽으로 살짝 쏠리면서 아빠의 몸이 기울었고, 잠에서 깬 아빠는 침을 닦으며 "여긴 어디냐?"라고 물었다.

"도착하려면 아직 멀었어요."

형이 대답하자 아빠는 몸을 가다듬고 다시 잠들기 위한 편한 자세를 잡았다.

이어 형수라고 주장하는 여자가 혼자서 주절주절 얘기를 시작했는데 우리는 모두 여자의 말에 넋을 잃었다. 중요한 건 한국어 실력이 아니었다. 한국어를 독학으로 배운 데다 본격적으로 공부한 지가 일 년밖에 안 됐다는 사실에 놀라움을 금할 수가 없었다. 심지어 한국어를 배운 계기가 형과 대화하기 위해서였다니! (이쯤에서 나는 형수라고 주장하는 여자를 적어도 율리야라고 불러야겠다고 마음먹었다.)

율리야가 말한 내용을 정리해 보자면 대강 이랬다. 한국에서 파견 근무를 마치는 대로 러시아로 돌아가려던 계획이 형을 만나고 나서 수정되었다, 근무 기간을 연장했고 한국어도 적극적으로 배우게 되었다.

"나는 고무신을 거꾸로 신지 않았습니다."

군대에 간 형을 기다렸다는 것 자체보다 고무신 어쩌고 하는 말이 너무 생소하게 들려 우리는 더 놀라고 말았다. 형이 군대에 있는 기간에 둘이 처음 만났다는 것도 시기적으로 미스터리였다. 율리야가 형보다 여섯 살이나 위라는 사실이 밝혀졌을 때 누나는 할 말을 잃은 듯했다.

"모스크바, 무척 아름다운 도시입니다. 상상 못합니다."

율리야는 적당한 단어와 문장을 찾으려 무척 노력하는 것처럼 보였다.

"누가 상상이나 한대?"

누나는 창밖을 보면서 구시렁거렸다. 질겅질겅 껌을 씹더니 크게 풍선을 불었다. 풍선은 점점 커지다가 한순간 팡 터져서 누나의 콧등을 덮었다. 누나는 껌을 뱉어 내 창문에 붙여 버렸다.

율리야는 한동안 러시아와 모스크바에 관한 얘기를 이어 나갔다. 일부 해석 불가한 말들을 제외하면 대부분 짧은 문장이라 충분히 이해할 수 있었다. 일테면 도시에 대단한 건축물이 많다, 예술이 발달되었다, 심지어 지하철역조차 미술관 같다, 대충 그런 얘기들이었다. '붉은 광장'과 '성 바실리 대성당'이라는 곳을 묘사할 때에는 언어의 한계에 다다랐는지 우리가 알아들을 수 없는 (아마도 러시아어일 것이다) 말을 늘어놓는 바람에 모두의 정신을 혼란스럽게 만들었다. 율리야의 얘기를 들으면 들을수록 나는 의문에 빠져들었다. 형과 율리야의 첫 만남부터 오늘에 이르기까지의 모든 과정이. 형처럼 무뚝뚝하고 고지식한 남자를 위해 한국어를 배웠다는 사실이 한편으로는 의아했고 한편으로는 뭔가 굉장히 희망적이었다.

엄마는 머리가 아픈지 양 엄지로 관자놀이를 눌렀다. 율리야와 깊은 대화를 나누겠다고 했으면서도 막상 옆에 앉으니 무슨 말을 할지 난감한 모양이었다.

율리야의 이야기를 듣는 동안 차는 정체 지점을 벗어나 다시 속도가 붙었다. 막내는 자다가 깨서 눈만 끔뻑이며 말이 없었다. 과자를 먹고 잠시 잠잠하던 쌍둥이가 슬슬 몸을 꼬았다.

"지루해."

다섯째가 말하면

"심심해."

여섯째가 덧붙였고,

"언제 도착해요?"

여섯째가 물으면

"이러다 밤 되겠다."

다섯째가 보탰다.

"배 아파요."

조용하던 막내가 힘없이 말했다. 차만 타면 도지는 막내의 멀미가 드디어 시작된 것이다. 출발 전에 먹은 약도 소용없었다. 가급적 오래 잤더라면 좋았을 텐데 시끌벅적한 소리에 깨고 말았다.

이후로는 막내의 주의를 돌리기 위한 온갖 수단이 동원되었다. 형은 막내가 좋아하는 동요를 틀었다. 엄마는 바람을 좀 쐬라며 창문을 내렸는데 자동차 소음에 매연까지 들이쳐 막내의 상태는 오히려 나빠졌다. 형은 뒷좌석을 흘끗거리며 속력을 냈다. 최대한 빨리 휴게소에 도착하려는 심산이었겠으나 시간은 늘 우리 가족을 기다려 주지 않았다. 심상치 않은 전조 증상이 나타나면 반드시 얼마 뒤에 일이 터졌다.

웩, 막내가 구역질을 하자 엄마는 반사적으로 막내의 입에 손을 뻗었다. 다행히 토하지는 않았지만 일촉즉발의 상황이었다. 차가 휴게소에 진입하면서 엄마가 다급하게 차를 세우라고 소리쳤고, 지니는 주차 자리가 아닌 곳에 서 버렸다. 뒤차의 경적 소리에 아빠는 깜짝 놀라 잠에서 깼다. 누나가 빠르게 차 문을 열었고 엄마는 막내를 안고 차에서 내려 화장실로 뛰었다. 아빠도 잠이 덜 깬 얼굴로 덩달아 뒤를 따랐다. 준비라도 한 것처럼 호흡이 착착 맞았다.

지니를 제대로 주차하고 내렸을 때 엄마는 막내의 손을 잡고 화장실에서 나오고 있었다. 토한 건 막내인데 엄마의 얼굴이 창백하게 질려 있었다. 아빠가 가만히 엄마의 어깨를 두드렸다.

"좀 쉬었다 가자."

엄마가 제안했다.

"떡 본 김에 제사 지낸다?"

형수의 말에 아빠는 "거참, 잘도 배웠네."라며 형수를 기특하게 바라봤다.

우리 가족은 단체 여행객처럼 줄줄이 휴게소 식당 안으로 들어갔다. 가뜩이나 사람들 눈에 띄는데 외국인인 율리야까지 더해지니 이목을 끌기에 딱 좋았다.

"형, 뭐 먹을까?"

넷째가 물었다.

"몰라."

내가 귀찮아하자 넷째는 "난 돈가스."라고 혼자 대답하고는 내 뒤를 따라왔다.

"그래, 많이 먹어라."

나는 툭 내뱉고 방향을 틀었다. 먹을 걸 사서 먼저 차에 가 있으려고 형에게 키도 받아 놓았다. 아홉 명으로도 부족해서 율리야까지 열 명. 모두가 함께 앉을 자리를 찾기는 쉽지 않을 것이고 메뉴를 정하는 데 또 한참이 걸릴 것이다. 누군가는 쌍둥이를 단속해야 하고 누군가는 음식을 날라야 한다. 가뜩이나 어수선한 휴게소에서 어수선하게 먹는 음식이 제대로 넘어갈 리가 없다. 휴게소에 왔으니 잠시라도 나에게 휴식을 주기로 했다.

야외 간식 코너로 가면서 나는 휴게소의 풍경을 살폈다. 승용차와 관광버스가 빼곡하게 주차되어 있었다. 그중 어딘가에 빈자리 하나쯤 있지 않을까. 일행을 놓쳤다고 사정을 얘기하면 자리를 내어 주지 않을까. 그 차가 어디로 가든 상관없었다. 어디든 지금보다는 나을 테니까. 이대로 확 방향을 바꿀까, 지금이 적당한 타이밍일까, 엄청 갈등이 되었지만 일단은 배를 채우는 게 먼저였다.

주문한 토스트를 기다리고 있는데 넷째가 불쑥 나타났다.

"토스트 하나 추가요. 돈가스는 품절이래."

나를 보며 능청스럽게 웃는 넷째의 얼굴을 마주하자 현실감이 확 끼쳐 왔다. 나는 내 토스트만 받아서 주차장으로 발길을 돌렸다. 걸어가며 우걱우걱 토스트를 씹었다. 넷째도 토스트를 입에 물고 쫓아왔다.

"어!"

넷째가 토스트를 우물거리며 손가락으로 한 곳을 가리켰다. 문을 열고 지니에 막 타려던 참에 나는 넷째가 가리킨 곳을 보았다. 사람들 몇몇이 강아지에게 먹이를 주고 있었다. 털이 곱슬곱슬한 작은 강아지가 꼬리를 살랑거리면서 사람들이 주는 음식을 잘도 받아먹었다. 강아지는 원래 털이 흰색인지 회색인지 분간이 되지 않을 정도로 때가 묻고 털도 엉켜 있었다.

"안 돼, 저리 가."

강아지가 따라가자 조금 전까지 먹이를 주던 사람들이 난처해하며 서둘러 걸음을 옮겼다.

"휴가 때 버리고 가는 사람들이 많다더니."

넷째는 차에 타고 나서도 창밖의 강아지에게 시선을 주었다. 강아지는 이제 이리저리 지나가는 사람들의 발치를 쫓고 있었다. 나는 강아지의 앞날을 상상하다가 맛없는 토스트를 마저 욱여넣었다.

넷째는 토스트를 먹고 나서 몸을 잔뜩 웅크리고 눈을 감았다. 지금이 기회가 아닐까 싶었다. 휴대폰에 메시지 한 줄만 남기면 되었다. 나는 가족들이 밥을 먹고 있을 식당과 뒷자리에 다리를 뻗고 누워 있는 넷째와 손에 쥔 휴대폰을 번갈아 보았다. 더는 미룰 수가 없었다. 마침내 마음을 먹고 차 문을 드르륵 열었는데 그 순간 쌍둥이 중 하나가 냉큼 올라탔다. 그러고는 넷째가 있는 뒷좌석으로 넘어갔다. 순식간에 벌어진 일이라 다섯째였는지 여섯째였는지 확인도 하지 못했다.

"다 왔어?"

넷째도 부스스 깨서 물었다. 멀리서 가족들이 다가오고 있었다. 또다시 놓쳐 버린 타이밍.

"빵 부스러기 흘린 자식 누구야?"

누나가 나와 넷째에게 핀잔을 주었다. 형이 운전석에 탔고 이번에는 엄마가 형의 옆자리에 앉았다. 내가 앞쪽 창가로 자리를 옮기자 율리야가 내 옆에 앉았다.

"다섯째는?"

아빠가 물으며 막내의 카시트 벨트를 채웠다.

"저는 뒤에 있어요."

등 뒤에서 대답이 들렸고 아빠는 차 문을 닫았다.

차는 복잡한 휴게소 주차장에서 서서히 움직였다. 앞차들이 하나씩 빠져나가면서 지니도 고속도로에 진입할 준비를 했다. 밥을 먹고 주의를 환기한 덕분인지 막내의 멀미가 가셨고 차 안도 아까보다 활기가 돌았다.

휴게소를 뒤로하고 지니가 막 도로의 합류 지점을 통과했을 때였다.

"근데요."

넷째가 입을 열었다.

"쌍둥이가 하나밖에 없어요."

"뭐?"

놀란 형이 룸 미러로 뒷자리를 보았다. 때마침 흐린 하늘이 번쩍이는가 싶더니 우렛소리가 퍼졌다. 가족들은 빠르게 서로의 얼굴을 훑었다. 넷째 옆에 있던 쌍둥이 하나가 빼꼼 얼굴을 내밀며 씩 웃었다. 눈앞에 있는 녀석이 다섯째인지 여섯째인지 금방 와닿지 않았다. 몇 초간 침묵이 흐르다가 곧 차 안은 아수라장이 되었다.

"유턴, 유턴!"

엄마가 외쳤다.

"고속도로에 유턴이 어딨어요?"

형도 언성을 높였다.

"그럼 후진!"

엄마는 거의 이성을 잃었다.

"아까 차에 탄 거 여섯째 아니야?"

아빠가 믿을 수 없다는 듯이 뒷자리와 바닥까지 살펴보며 쌍둥이 하나를 찾았다. 거기 어딘가에서 짠 나타나 주기를 바랐겠지만 여섯째는 어디에도 보이지 않았다.

"뛰어온 건 난데."

다섯째가 우물우물 대답했다. 먼저 차에 올라탄 것이 여섯째라고 확신한 아빠는 다섯째만 확인한 것이다. 애초에 아빠가 묻기를 "다섯째는?"이라고 했고 다섯째는 저를 부르는 말에 대답을 한 것이니 잘못은 없었다.

"아버지, 전화! 휴게소에 겁니다!"

율리야는 나름대로 방법을 떠올려 아빠에게 휴대폰을 건넸다. 버튼을 누르는 아빠의 손가락이 떨렸다.

"거, 거기, 아이가 있습니다! 조금 전에 놓고 왔습니다!"

아빠의 한국어 실력이 급작스럽게 율리야랑 비슷해졌다. 상대편이 아빠의 말을 금방 이해하지 못했는지 아빠는 여러 번 같은 말을 반복하다가 전화를 끊었다. 고속도로를 빠져나와 국도를 돌아서 다시 고속도로에 진입하는 동안 나도 손에서 식은땀이 났다. 모두가 할 말을 잃고 지니가 빨리 달려 주기만 바랐다. 넓은 휴게소 어딘가에서 가족들을 찾아 헤매고 있을 여섯째. 복잡한 주차장이 위험해 보였던 게 기억나 아찔해졌다. 문득 주인을 잃고 사람들의 꽁무니만 따르던 강아지가 떠올랐다.

가까스로 돌아온 차가 휴게소로 들어섰다. 아까처럼 주차도 하기 전에 휴게소 입구에서 차 문을 열고 가족들이 쏟아져 내렸다. 율리야는 차에 남아 막내와 다섯째를 보기로 하고 나머지 가족들은 저마다 흩어졌다.

"준수야! 맹준수!"

엄마와 아빠는 거의 혼이 빠진 얼굴이었다. 엄마와 누나는 식당으로, 아빠는 휴게소 사무실로 갔다. 형은 지니를 타고 주차장을 돌며 여섯째를 찾았고 넷째와 나는 뛰어다니며 사방을 살폈다.

"저기!"

넷째의 외침에 휙 고개를 돌렸다. 아까 지니가 주차되어 있던 자리에 여섯째가 서 있었다.

"형!"

여섯째가 우리를 발견하고 손을 흔들었다. 그러고는 소리쳤다.

"우리 하늘이야!"

회색빛이 나는 강아지 한 마리를 가슴팍에 품고서 여섯째는 몹시도 해맑게 웃고 있었다.

5
엄마의 바다는

밤이 깊을수록 정신은 맑아졌다. 형의 새근거리는 숨소리와 아빠의 코 고는 소리가 방 안을 채웠다. 넷째가 이를 갈 때에 나는 벽을 향해 모로 누웠다. 누렇게 색이 변한 벽지는 군데군데 뜯겨 있었다. 벌어진 틈으로 벌레가 기어 나온다 해도 이상하지 않을 방이었다. 번개가 치고 잠시 뒤에 요란한 천둥이 울렸다. 천둥은 주변의 모든 소리를 빨아들였다. 방 안이 잠잠해졌다.

긴 하루를 보낸 뒤라 다들 피곤했는지 방에 들어오자마자 이불을 펴고 일찍 잠이 들었다. 철썩철썩 부딪는 파도와 총총 박힌 밤하늘의 별. 이왕 바다에 왔으니 나도 그 정도 기대는 품고 있었던 모양이다. 굵은 비가 쏟아지는 모습에 서운한 마음이 들었던 걸 보면. 눈을 뜨고 오늘 하루를 되새김질해 보았다. 율리야의 등장부터 지니와 함께 먼 길을 떠나온 하루.

"너 하나 때문에 이게 무슨 난리야!"

휴게소에서 여섯째는 누나에게 혼이 나 울음을 터뜨렸다. 혼자 남겨져 놀란 마음이 그제야 터진 듯했다. 그러면서도 강아지는 절대 내려놓지 않았다. 주인이 찾으러 올 거라고 타이르기도 하고 우리는 절대 키울 수 없다고 말해 보아도 소용없었다. 우리의 얘기를 알아듣기라도 한 것처럼 강아지는 여섯째의 품속으로 파고들었다.

"강아지 덕에 여섯째가 무사했어."

아빠가 여섯째의 편을 들었다. 강아지 때문에 여섯째가 정신을 판 거라고 누나가 반격했다. 강아지는 수컷이었다. 정확한 나이는 모르지만 새끼는 아니고 그렇다고 나이가 아주 많아 보이지도 않았다.

"러시아에 있습니다. 우리 강아지."

반려견을 키운 경험이 있어서인지 율리야도 쉽게 마음을 열었다.

"근데 소리가 좀 이상하다."

형의 말처럼 강아지가 내는 소리가 영 시원찮았다. 짖는 것인지 캑캑거리는 것인지 구별이 안 됐다. 턱없이 작고 약한 소리만 나왔다.

"나도 아기 때 말 못 했는데."

막내는 강아지가 아직 새끼라 소리를 못 내는 거라고 여겼다. 짖지 못하게 하는 수술이 있다는 걸 막내에게 이해시키기는 어려웠다. 넷째는 이대로 강아지를 두고 가는 건 두 번 버리는 일이라고 했다.

"열 식구를 채우겠다는 거야?"

말은 그렇게 해도 누나의 목소리는 아까보다 확실히 누그러져 있었다.

"시누이, 무슨 말입니까? 우리는 열입니다."

율리야가 누나의 말을 수정했다.

"거봐, 다 알아듣잖아. 그리고 난 시누이가 아니라……."

누나가 설명을 더 하려다가 멈췄다. 시누이와 올케는 아닌, 언니와 동생은 더더욱 아닌 사이. 율리야에게 본인을 어떻게 부르게 할지 누나도 잘 모르는 것 같았다.

"우선 데려가서 유기견 보호소에 연락하죠. 여긴 너무 위험하니까."

형의 말에 아빠는 "우리가 키우면 되지. 식구들이 돌아가면서 밥도 주고."라며 집에 강아지 한 마리쯤 있어도 좋겠다고 옹호하고 나섰다. 그 틈을 타서 쌍둥이와 막내는 꼭 강아지를 데려가고 싶다며 졸랐다.

"일단 타."

엄마가 움직였다.

"엄마는 언제까지 일단이에요?"

누나가 투덜댔다.

"우와! 하늘이 데려가는 거예요?"

여섯째의 말에 아빠가 "하늘이?"라고 되묻자 쌍둥이는 동시에 강아지를 가리켰다.

12인승 승합차에 자리가 또 채워졌다.

"9인승이었어야 해."

누나의 말에 여섯째는 "어차피 하늘이는 내가 안고 갈 거야." 하고 한없이 사랑스러운 손길로 하늘이를 쓰다듬었다. 사람의 손길이 그리웠던 걸까. 하늘이는 낯설어하지 않고 우리 가족을 잘 따랐다. 가끔 답답하게 나오는 소리로나마 뭔가를 표현하고 싶어 하는 듯도 보였다. 엄마는 가방에서 수건을 꺼내 하늘이의 지저분한 몸을 감싸 주었다.

"이번 여행 다시 생각해 봐야 하는 거 아니에요?"

휴게소를 출발하면서 누나가 한 말이다. 누나는 이건 시작에 불과하다고, 아무래도 이 여행은 불길하게 끝날 거라고 예언했지만 다들 누나의 말을 외면했다. 사고를 치고 나서 쌍둥이는 얌전히 앉아 있었다. 차는 일정한 속도를 유지하며 달렸고 모두가 더는 말이 없었다. 여섯째 때문에 놀란 가슴을 진정시키는 데 시간이 필요했던 것이다.

낮에 있었던 일을 생각하다가 나는 자리에서 일어났다. 쉽게 잠이 오지 않았다. 마냥 누워 있으니 졸릴 때까지 하늘이랑 있는 게 나을 것 같았다. 다른 식구들이 깰까 봐 조용히 미닫이문을 열었다. 빗소리가 들이쳤다. 형이 잠시 뒤척이다가 고른 숨소리를 내는 걸 듣고 조심스럽게 문을 닫았다.

인기척을 느끼고 마루 밑에서 하늘이가 나왔다. 숙소에 도착해 물로 씻겨 내고 나니 하늘이의 털이 하얗고 보슬보슬해졌다. 나는 마루 가장자리에 앉아서 하늘이를 안아 옆에 두었다. 하늘이는 가만히 엎드린 채 등을 쓸어 주는 손길을 느꼈다. 녀석도 낯선 곳에서 잠이 오지 않는 걸까. 그동안 어떤 사람들과 어떻게 살았을까. 목소리도 잃은 채로. 어쨌든 하늘이는 우리에게 온 열한 번째 가족이다.

비는 시원하게 내려 처마 아래로 떨어졌다. 바닷가에 도착하고 나서 비 때문에 아무것도 할 수 없었지만 이 순간만큼은 빗소리가 좋았다. 엄마와 누나가 자고 있는 방 쪽을 보았다. 내가 잘못한 것도 아닌데 괜스레 무거운 마음이 들었다.

"날 한번 잘도 잡았네."

도로를 달리는 동안에도 구름은 계속 짙어졌다. 누나의 말대로 금방이라도 비가 쏟아질 분위기였다.

"비가 오면 오는 대로 운치가 있겠지요."

"나는 꼭 돗자리를 깔고 싶다고요."

아빠의 태평한 말에 엄마가 계획을 상기시켰다.

"아, 그렇지. 돗자리."

엄마의 의지를 확인한 뒤로 아빠도 마음이 타는지 계속 창밖을 살폈다. 하지만 하늘은 무심하게도 (누나는 강아지의 이름을 하늘이로 지은 것부터가 잘못이라고 했다) 우리에게 비를 뿌렸다. 처음으로 떠난 가족 여행, 첫 목적지에 다다랐을 때 비는 한없이 쏟아졌다.

"여기가 소풍이에요?"

막내가 눈을 동그랗게 뜨고 물어도 엄마는 대답 대신 한숨만 내쉬었다.

엄마가 그렇게까지 돗자리에 집착할 줄은 몰랐다. 푸른 잔디 위에 돗자리를 펴고 앉아 도시락을 먹으며 오손도손 얘기를 나누는 가족들의 모습. 여행을 떠나면서 처음 알았다. 엄마의 기대가 얼마나 간절했는지. 별것도 아닌 일을 그토록 바란다는 게 시시하게 느껴지다가도 엄마가 꿈꾸는 그림에 나는 함께하고 싶지 않았다는 사실이 조금 미안해졌다.

"어떻게든 되겠지."

여행을 결심하면서 엄마가 했던 말을 따라 해 보았다. 작은 소리로 말했는데 하늘이가 꿈틀거리며 눈을 떴다가 이내 스르르 감았다. 엄마는 요즘 이 말을 하루에도 몇 번씩 습관처럼 내뱉었다.

"지난 삼 년 동안 나는 거의 매일 바코드를 찍었잖아요."

엄마는 마트를 그만둔 시기에 지니가 온 건 반드시 여행을 가라는 뜻이라고 해석했다. 그러면서 "어떻게든 되겠지." 하고는 여행을 추진했다. (내게는 엄마의 말이 "어떻게든 되게 할 거야."로 들렸다.) 엄마는 이 기회에 다른 직종의 일을 하게 될 수도 있을 거라고 내심 긍정적인 기대도 가졌다. 일곱 아이를 낳기 전에 엄마는 중소기업에서 꽤 오랫동안 근무한 경력도 있었다. 막내까지 낳고 복직하려 했을 때 엄마를 받아 주는 회사가 없었던 게 문제였다.

아빠에 이어 엄마까지 실직을 하게 되면서 당장 아홉 식구의 생계가 걱정이었지만 엄마가 저렇게까지 나오니 누구도 어쩔 수가 없었다. 엄마에게 그 정도의 권리는 있었다. 현금 영수증, 적립 카드 따위가 잠꼬대로 나올 정도로 지난 삼 년간 엄마에게 진정한 휴식은 없었으니까. 다만 여러 부담을 감수하며 시작된 여행에서 엄마의 작은 꿈조차 이뤄지지 못하면서 내 계획에도 차질이 생겼다. 엄마의 바람대로 바닷가에 도착해 돗자리를 폈다면, 동생들이 비치 볼을 들고 참방거리며 놀게 되었다면, 나는 바로 이곳을 떴을 것이다. 하지만 오늘 하루 동안은 도저히 빠져나갈 적당한 틈이 없었다. 여러 가지로 분위기가 좋지 않았고 그래서인지 선뜻 용기가 나지 않았다.

바다에 도착했을 때는 거센 비바람과 함께 파도가 일고 있었다. 차에서 나갈 엄두도 낼 수 없었다. 우산은 생각지도 못했다며 엄마는 안타까워했다.

"우산을 쓰고 바다를 보는 건 엄마가 원한 게 아니잖아요."

누나의 말에 엄마는 "그렇지." 하고 망연히 창 너머의 바다를 보왔다.

"비 그치면 또 옵시다. 그 대신 숙소에서 쉬면서 맛있는 것 좀 먹자고요."

아빠가 엄마를 위로했고 엄마는 겨우 마음을 추슬렀다.

"이제 우리 고기 먹어요?"

여섯째가 눈을 반짝였다.

"야, 당연하지. 나 고기 봤어."

다섯째는 입맛을 다셨다.

여행과 함께 시작된 불행이 거기서 끝났으면 좋았을 텐데, 우리에게 닥친 시련은 누나의 말처럼 시작에 불과했는지도 몰랐다.

"여기가 아닌데."

아빠는 형에게 휴대폰을 내밀었다. 하룻밤은 꼭 멋진 숙소에서 자고 싶다는 딸을 위해 아빠가 펜션을 직접 골랐다. 휴대폰의 사진 속에는 동화에 나올 법한 아기자기하고 예쁜 집이 있었다. 과일나무가 있고 벽화가 그려진 집. 한국 전통 기와집이면서도 어딘가 서구적인 느낌을 풍기는, 말하자면 퓨전 스타일이었다.

"이게 저거라고요?"

형이 사진 속에 있는 집과 현실의 집을 비교했다.

"어디, 나도 좀."

어느새 우리는 작은 휴대폰 앞으로 옹기종기 모여들었다. 누나는 사진을 보지도 않고 "그럴 줄 알았어." 체념했다. 얼핏 봐도 화면과 실제는 완전히 딴판이었다. 과일나무도 없고 벽화를 그린 흔적도 보이지 않았다. 우리 앞에 있는 건 낡고 오래되고 흔한 시골집 한 채였다. 녹이 슨 대문과 평상이 놓인 작은 마당, 처마 아래 툇마루와 가지런히 자리한 방.

"엎치고 덮쳤다,입니까?"

"엎친 데 덮친 격이라고 하는 거지."

율리야의 말을 형이 자상하게 정정해 주었다. 율리야는 수첩을 꺼내 받아 적었다.

"이 주소가 맞니?"

아빠가 또다시 확인했지만 형은 "주소는 정확해요."라고 대답해서 모두를 실망시켰다.

"글쎄, 나야 모르는 일이지."

펜션의 주인할머니는 잡아뗐다. 사진을 올린 건 아들이고 할머니는 손님이 오면 방이나 내줄 뿐이라고 했다. 그러면서도 오래된 집을 싹 수리해 화장실이며 부엌은 최신식이라고 자랑을 늘어놓았다. 어떻게 해야 할지 우리는 무언의 눈길을 주고받았다. 형이 바닷가 쪽 숙소에 빈방이 있는지 알아보겠다고 하자 할머니가 손을 내저었다.

"거기는 성수기면 꽉 차. 겉만 번지르르하지 비싸기는 또, 우라질!"

할머니의 말에 형이 주춤했다. 할머니는 이어서 결정적인 한 방을 날렸다.

"식구도 많구먼. 여기가 가성비는 최고라니까."

결국 우리는 할머니의 펜션에서 하룻밤을 묵기로 했다. 서두르지 않으면 예약도 힘들거라던 아빠의 걱정과 달리 손님은 우리밖에 없었다. 누나가 바랐던 하룻밤의 꿈도 여지없이 무너졌다. 방의 상태를 확인하고 나서 누나는 모든 의욕을 상실한 듯했는데 아빠한테 뭐라고 할 수도 없는 노릇이라 엄마처럼 심호흡으로 마음을 달랬다.

"누나도 참 취향이 독특해."

넷째가 깐족거렸다.

"시작부터 꼬이더라니."

누나는 마당에 침을 찍 뱉었다가 할머니한테 혼나고 졸지에 마당 청소까지 하고 말았다.

예약한 방 두 개를 두고 인원을 어떻게 나눌지 잠시 실랑이가 있었다.

"제일 편한 방법으로 해. 남자 대 여자."

"그럼 육 대 사잖아. 불공평해."

누나의 말을 넷째가 따지고 들었다.

"아닙니다. 육 대 오입니다."

율리야는 얼굴을 붉히며 한 손으로 살며시 배를 감쌌다. 아침에 율리야가 등장했던 때처럼 우리 가족은 이번에도 그대로 굳어 버렸다.

"맙소사!"

누나가 탄식을 뱉었다.

"여자는 네 명인데. 누가 또 와?"

넷째가 어리둥절해하며 물었다. 마침 방에서 나오던 주인할머니는 "한 명 추가에 만 원이야."라고 덧붙였다.

더는 대화를 미룰 수 없다고 판단했는지 엄마 아빠는 형과 율리야를 데리고 방으로 들어갔다. 방에서 두런거리는 소리가 조금씩 새어 나왔다.

형이 누구에게든 자신의 일을 시시콜콜 얘기하는 사람은 아니었지만 그나마 가족 중에서 나는 형의 고민을 어느 정도 알고 있는 줄 알았다. 한방을 쓰면서 내가 눈치껏 알아낸 일도 있고 이따금 형이 먼저 속을 내비치는 때도 있었다. 그런데 이렇게 엄청난 비밀을 숨겨 두었을 줄은 몰랐다. 설마 형은 우리를 놀라게 할 또 다른 반전을 준비하고 있는 건 아닐까.

"학교에는 안 돌아갈 거야."

학교를 그만두겠다는 폭탄선언을 들은 것도 내가 처음이었다. 형이 군대에 가기 며칠 전이었고 방 안에는 형과 나 둘뿐이었다. 나는 귀를 막고 싶었다. 형의 결심이 불러올 파장을 짐작할 수 있었다. 물론 형을 이해할 수 없었던 건 아니다. 등록금을 마련하기 위해 엄마 아빠가 얼마나 고생을 했는지, 형이 장학금을 받으려고 어떤 노력을 했는지 다 알고 있었기 때문이다. 형이 고민하는 모습을 한두 번 본 게 아니었다. 한 학년을 마치고 등록금과 용돈을 벌겠다고 시작한 아르바이트가 형의 인생을 잡아먹었다. 그렇게 번 돈을 학교에 갖다 바치고 싶을 만큼 자신이 선택한 진로가 마음에 들지 않는다고 형은 내게 털어놓았다. 때가 되면 알릴 거니까 엄마 아빠에게는 비밀로 해 달라는 당부까지 남겼다.

"그 말을 왜 나한테 하는데?"

"누구 한 사람은 알고 있어야지."

형이 씩 웃었는데, 그 웃음은 내가 세상에 태어나서 보았던 어떤 웃음보다 쓸쓸해 보였다. 형의 비밀을 알고 있는 사람이 나 하나라는 게 원망스러울 정도로.

"대학은 공부 잘하는 너나 가라."

형은 아무렇지 않게 말했지만 형의 고백을 들은 뒤에 나는 보던 책을 한 장도 넘기지 못했다. 공부를 잘하는 건 오히려 형이었다. 나는 그리 공부를 잘하는 편이 아니었다. 방에 틀어박혀 책을 보는 시간이 곧장 성적으로 연결되지는 않았다. 형이 학업을 포기하는 이유에 나도 있는 거냐고 물을까 하다가 그만두었다. 한편으로는 안도하고 있는 나 자신을 깨달았다. 형이 학교를 그만두면 조금이라도 여유가 생길 테고, 내가 대학에 갈 때는 등록금 걱정을 덜 수 있을 거라는 생각이 먼저 떠올랐다. 형 앞에서 한없이 작아지는 느낌이었다.

"다른 누구 때문도 아니야. 나를 위한 거지."

내 마음을 읽었는지 형이 덧붙였다. 형은 빈말을 할 줄 모른다. 대답하기 난처한 상황이면 입을 꾹 닫는 한이 있어도 마음에 없는 말은 절대 꺼내지 않는 사람이었다. 형의 말대로 오롯이 형의 미래를 위한 결정일 거라 믿고 싶었다. 하지만 형의 상황에 관계없이 내가 책이나 들여다보고 있는 게 최선일까 생각하자 글자가 눈에 들어오지 않았다.

"공부 안 하냐?"

누워 있던 형이 등 뒤에서 불쑥 물었다. 나는 기지개를 켜는 척하다가 서둘러 책장을 넘겼다.

그러고 나서 얼마 뒤에 형은 군대에 갔다.

"큰애 제대하기 전에 등록금을 모아야지요."

엄마가 말하자 아빠는 깊은 한숨을 내쉬었다. 입대하는 날까지 형은 결심을 밝히지 않은 것이다.

엄마 아빠가 형의 선언을 들은 것은 그로부터 한참 뒤인 것으로 추정된다. 형이 휴가를 나왔을 때, 적금이 만기되었다며 엄마가 고기를 사 들고 온 날이 아니었을까. 고기를 구우면서 엄마 아빠가 내내 침묵을 지키고 웬일인지 쌍둥이마저 싸우지 않고 얌전히 고기만 먹던 그날. 엄마 아빠는 형이 결정을 번복하는 데 희망을 걸었지만 형은 진로를 완전히 바꾸었다. 형수의 일을 나에게 먼저 말하지 않아 다행이라고 안도하면서도 형 혼자서 고민할 때 힘이 되어 주지 못한 게 미안하기도 했다. 형이 매일 무슨 생각을 하는지 나는 알지 못했으니까. 대학을 포기하겠다는 것과는 비교조차 안 되는 선언을 할 줄은 몰랐으니까. 정말이지 우리 형은 알다가도 모를 사람이었다.

엄마 아빠와 형, 율리야가 방 안에서 얘기를 나누는 사이 나와 누나, 넷째는 마루에 나란히 걸터앉았다. 쌍둥이와 막내는 빗속을 뛰어다녔다. 하늘이가 동생들 뒤를 쫓다가 몸을 흔들어 비를 털어냈다.

"우리 이제 열 식구 되는 거야? 조카가 태어나면 열한 명인가?"

누나는 말도 안 되는 소리라며 넷째의 말을 일축했다. 갑작스럽게 닥친 형의 결혼과 머지않아 태어날 조카까지, 우리 가족은 이제 열한 명이 될 예정이라는 것.

"열한 명이 아니라 여덟 명이 될 수도 있는 거지."

누나는 조금 전과 다르게 회심의 미소를 지었다. 형이 결혼과 동시에 분가할 가능성을 생각하는 모양이었다. 하지만 형이 당장 분가할 수 있을지는 알 수 없다. 열한 명의 가족이 한 지붕 아래 살게될 확률도 배제할 수 없었다. 방 하나는 형 부부에게 내주어야 한다. 아기 물건들이 집 안 곳곳에 쌓이고 쌍둥이와 막내에 아기까지 북적거릴 상황을 떠올리자 앞이 깜깜했다. 삼촌과 고모가 된 동생들의 모습도 마찬가지다. "고모 유치원 다녀올게!"라고 말하는 막내라니. 더군다나 나는 아직 형을 떠나보낼 준비도, 낯선 이를 가족으로 맞을 준비도 되지 않았다. 무엇보다 식구가 늘어나는 건 더욱더 인정할 수 없었다.

초등학교 저학년 때만 해도 나는 식구가 많다는 것을 특별하게 받아들였다. 학년이 높아지고 사람들의 표정을 읽은 다음부터 서서히 그게 아니라는 걸 깨달았다. 우리의 특별함이 좋은 쪽은 아니라는 사실을 인식한 것이다.

"아홉 식구?"

사람들은 항상 되물었다. 간혹 대놓고 고개를 젓거나 우리를 번갈아 보면서 혀를 차는 사람도 있었다. 처음에는 사람들의 반응이 이해가 안 갔다. 형제가 많아서 싫다고 생각한 적은 없었다. 서로 더 갖기 위해서, 더 먹기 위해서 싸울 때도 있었지만 그건 늘 있는 일일 뿐이었다.

"형제가 많은 건 행복한 거야."

엄마 아빠는 형제가 많아서 좋은 점이 훨씬 많다고 믿었다. 외동으로 자란 엄마 아빠가 우리에게 많은 형제를 안겨 준 것도 그런 이유에서였을 것이다. 아빠는 할머니 할아버지가 늦은 나이에 겨우 본 외아들이었고 엄마는 일찍 아버지를 여의는 바람에 형제자매가 없었다. 형제가 많다는 게 어떤 것인지 정작 엄마 아빠도 모를 거라는 의심이 든 건 사람들의 시선을 느끼기 시작한 것과 비슷한 시기였다.

식구가 많은 게 죄도 아닌데 누가 물으면 나는 항상 움츠러들었다. 사람들의 질문에 자신 있게 답한 적이 없었다. 때때로 부끄러웠다. 시대를 역행하는 건 부끄러운 일이었다. 어느덧 나는 내가 속한 세상을 깨달았다.

비는 잦아드는 듯했으나 여전히 잠은 오지 않았다. 이제 겨우 첫날 밤이 지나고 있었다. 남은 시간 동안 가족들이 무사히 여행을 마칠 수 있을지 의문이었다. 물론 나는 그 전에 나만의 세상을 찾아 떠나겠지만.

등 뒤에서 소리가 났다. 돌아보니 율리야가 방에서 나오고 있었다. 율리야는 나를 보고 잠깐 멈춰 섰다가 방문을 닫고 내 옆으로 왔다. 하늘이가 율리야의 무릎에 앉았다.

"잠이 안 옵니다."

율리야가 하늘이의 등을 쓰다듬어 주었다.

"아, 네."

나는 영 어색해 엉덩이를 들썩였다. 반말을 써도 된다고 하고 싶은데 율리야가 아직 경어법을 모르는 것 같아 그만두었다. 우리는 한동안 깜깜한 하늘을 올려다보며 빗소리를 들었다.

"미안합니다. 나 때문에 놀랐습니까?"

율리야가 입을 열었다.

"지금은 안 놀랐어요. 아까에 비하면."

말하고 나니 율리야가 내 말의 의미를 이해했는지 알 수가 없었다.

"조금 놀랐어요."

나는 다시 대답했고 율리야가 미소 지었다.

아까 차에서 내 옆에 앉은 뒤로 율리야는 부쩍 나를 친근하게 대했다. 움직이는 차 안에서 딱히 할 일이 없어 나는 가방에서 책을 꺼냈었다.

"책 좋아합니까?"

율리야가 관심을 보였다.

"예, 뭐 그냥."

나는 대충 받아넘겼다. 책을 좋아하는 것도 아니고 싫어하는 것도 아니기 때문이다. 나의 떨떠름한 반응에도 율리야는 계속 내게 (그리고 내가 읽는 책에) 눈길을 주었다.

"『데미안』, 나도 읽었습니다."

나는 애매한 표정을 지어 보이고는 책에 시선을 두었다. 내가 말을 던지면 율리야는 기다렸다는 듯이 대화를 이어나갈 기세였으나 당장 율리야와 독서 토론 같은 걸 벌일 마음은 없었다.

사실 나는 『데미안』을 여러 번 읽었다. 몇 번인지 세어 보지는 않았어도 꽤 많이 읽은 건 확실했다. 특별히 재미있거나 감명 깊어서는 아니다. 형이 가지고 있던 책 중에 무심코 꺼내 든 책이 『데미안』이었고 처음에는 별 호기심 없이 읽어 나갔다. 헤르만 헤세라는 유명한 작가의 유명한 작품이라는데 그리 와닿지도 않았다. 도서관에서 이따금 다른 책을 빌려 읽었는데 『데미안』보다 못한 책은 많아도 『데미안』보다 나은 책은 별로 없었다. 더욱이 책을 펼치는 순간만큼은 식구들과 같은 공간에 있어도 나는 오롯이 혼자가 될 수 있었다.

"형 책 읽잖니."

엄마는 나를 핑계 삼아 쌍둥이를 단속했다.

"아, 책 보는구나."

형은 방으로 들어오려다 말고 방문을 닫아 주었다.

가끔 글자도 못 읽는 막내가 내 옆에 앉아 그림책을 펼쳤다. 막내는 한참 그림을 들여다보다가 내가 책장을 넘기는 찰나에 따라 넘겼다. 그러면 나는 가만가만 막내의 머리를 쓸어 주었다.

『데미안』을 펼쳐 들게 된 내막을 모르는 율리야는 내가 순수하게 책을 좋아하는 걸로 판단한 모양이었다.

"책 좋아하세요?"

침묵이 어색해서 무심코 물었다. 율리야가 어깨를 으쓱해 보였다.

"푸시킨 신인 문학상, 시 보냈습니다."

푸시킨이라면…… 이름이 익숙한 작가다. 「삶이 그대를 속일지라도」라는 시의 한 구절도 떠올랐다. 그런데 푸시킨이 러시아 사람이었나? 신인 문학상에 응모를 했다는 건 율리야가 작가 지망생이라는 뜻인가? 전혀 뜻밖이었다.

"하지만 떨어졌습니다."

율리야의 얘기에 나는 그만 풋 웃고 말았다.

"죄송해요."

율리야는 괜찮다고 말하고는 나처럼 웃었다.

"또 보내면 됩니다."

율리야는 아주 어릴 때부터 책 읽는 걸 즐겨, 러시아뿐 아니라 세계 여러 나라의 문학 작품을 많이 읽었다고 했다. 글 쓰는 일도 적성에 맞아 앞으로 계속 문학상에 응모할 계획이라고 포부를 밝혔다.

"러시아 작가 좋아합니까?"

율리야의 기습 질문에 나는 우물거렸다. 좋아하는 작가는커녕 금방 떠오르는 사람도 없었다. 푸시킨이 러시아 출신이라는 것도 지금 알았는데 오죽할까.

내가 웃음으로 얼버무리자 율리야의 입에서는 고리키와 체호프, (발음하기도 어려운) 투르게네프와 도스토옙스키 같은 이름이 줄줄이 나왔다. 톨스토이가 나오고서야 조금 반가웠다. 작품에 대해 얘기할 때는 율리야가 러시아어를 섞어 쓰는 바람에 대부분 알아듣지 못했지만.

율리야는 고향이 떠오르는지 입가에 잔잔한 미소를 머금었다. 그러고는 '툴라'라는 곳과 톨스토이에 대해, 두서도 맥락도 없는 문장들을 나열했다. (뭔가 율리야의 타깃이 된 느낌이 들었다. 이게 다 『데미안』 때문이었다.) 나는 율리야의 말을 전부 이해하지는 못했으나 가끔 웃어 주거나 고개를 주억거리면서 열심히 듣고 있다는 인상을 주려고 애썼다.

솔직히 율리야의 얘기가 흥미로운 건 아니었지만 러시아에 그렇게 유명한 작가들이 많다는 사실은 놀라웠다. 톨스토이는 알았어도 톨스토이와 러시아라는 나라를 연결 지어 생각한 적은 없었다. 「삶이 그대를 속일지라도」라는 시는 들어 봤어도 푸시킨의 다른 작품은 아는 것이 없었다. 확실히 나는 책을 좋아하는 게 아니라 수단으로 삼아 온 거였다.

"그럼 율……."

나는 머뭇댔다. 율리야가 궁금한 눈빛으로 나를 빤히 보았다.

"형……수는 가 봤어요? 톨스토이가 살았던 곳."

내 입에서 '형수'라는 단어가 나오자 율리야, 아니 형수의 얼굴이 환해졌다. 생각해 보니 나보다 나이가 많은, 더군다나 형과 결혼할 사람의 이름을 부르는 건 예의가 아니었다. 그렇다고 누나라고 했다가는 진짜 누나한테 응징을 당할 게 뻔했으므로 선택의 여지가 없었다.

내 질문에 형수는 휴대폰을 꺼내 지도를 보여 주었다. 형수의 고향과 톨스토이가 살았던 '야스나야 폴랴나'는 가까운 거리였다. 형수는 고향에 갈 때면 가끔 톨스토이가 잠든 곳을 찾아간다고 했다. 톨스토이가 글을 쓰고 사람들을 만나며 여생을 보냈던 날들까지 그의 삶을 되새겨 본다는 것이다. 작가의 흔적을 따라다니며 그의 삶을 반추해 보았다는 것이 내게는 굉장히 특별하게 다가왔다.

그날 밤 우리의 대화는 『데미안』으로 시작해서 톨스토이 얘기로 끝났다. 나는 방에 들어와서 휴대폰으로 형수가 알려 준 작가들을 검색해 보았다. 많은 사람들이 묘비도 없는 소박한 톨스토이의 묘에서 숙연함을 느끼고 돌아간다고 했다.

어쩐지 내가 굉장히 작아지는 기분이었다. 누군가와 『데미안』에 대해서, 내가 모르는 어떤 세상에 대해서 얘기를 나누었다는 것 자체가 말할 수 없는 감흥을 불러일으켰다. 지금까지 나는 가족 중 누구하고도 (친구하고도) 그런 얘기를 나눈 적이 없었다. 내가 읽은 책에 대해서, 내가 모르는 어떤 세계에 대해서. 누군가가 관심을 준 적도 없었고, 나 스스로 털어놓겠다는 마음을 품은 적은 더구나 없었다. 형수는 내가 바라는 (사실은 나도 잘 모르는) 세계에 대해 처음으로 말을 걸어 주었다. 부족한 한국어에 답답해하면서도 최선을 다해서 내가 모르는 세상을 열어 주었다.

비가 내리는 여행 첫날 밤, 적어도 나는 한 가지 결심을 했다. 형수가 한국어를 공부하는 데 도움을 주기로 말이다. 그 편이 내가 러시아어를 배우는 것보다는 훨씬 쉬운 일일 것이다.

나는 인터넷에서 러시아의 문호들에 관한 이야기들을 찾아 읽다가 잠이 들었다. 막 잠에 빠져들었을 때 처음 보는 누군가가 꿈에 나타났다. 긴 수염을 기른 외국인이 혹시 톨스토이였는지는 잘 모르겠다.

6
장래 희망은 깡패

아침 식사 메뉴는 전날 저녁과 같았다. 할머니가 직접 띄운 청국장으로 만든 찌개. 전날처럼 쌍둥이가 코를 싸쥐기는 했어도 다행히 막내까지 다들 밥상 앞에 앉았다. 형수는 아침상에 앉으며 나와 눈을 맞추고 웃었다. 누나가 알아채고 뭐냐? 하는 표정을 짓는 바람에 나는 얼른 누나의 눈길을 피했다. 내가 율리야를 형수라고 한 걸 알면 누나는 화를 내겠지만 나도 어쩔 수가 없다. 형수니까 형수라고 할 수밖에.

엄마는 전날과 마찬가지로 힘없이 숟가락을 들었다. 엄마가 어떤 마음인지는 헤아릴 수 있었다. 떠나기 며칠 전부터 계획을 세우고 당일 꼭두새벽에 일어나 준비한 도시락. 여행 동안 우리 가족이 일용할 양식. 많은 짐을 차에 넣었으면서도 가장 중요한 것을 빠뜨렸을 줄은 몰랐다.

지난 저녁, 맛있는 거라도 먹으며 쉬자는 아빠의 제안과 고기를 먹겠다고 한껏 부풀었던 쌍둥이의 기대는 수포로 돌아갔다. 민박을 정하고 차에서 짐을 모두 내렸지만 아이스박스는 어디에도 없었다.

"이제 놀랍지도 않아."

누나가 어이없는 듯 웃음을 흘렸다. 넷째는 계속 나쁜 쪽으로만 얘기하니까 그대로 실현되는 거라면서 누나를 탓했고, 누나는 아이스박스를 놓고 온 게 왜 자기 잘못이냐며 입씨름을 벌였다. 그러는 동안에도 엄마는 의자 밑을 살피고 꺼내 놓은 짐을 의미 없이 들었다가 놓았다.

"그럴 리가 없는데, 그럴 리가."

엄마는 같은 말을 반복했다. (여행 중에 겪은 모든 일들이 엄마에게는 받아들이기 어려운 일이었을 것이다.)

엄마는 아이스박스를 집 안에서 밖으로 옮긴 건 틀림없다고 말했고 형은 그러고 보니 짐을 차에 싣는 동안 아이스박스는 못 본 것 같다고 했다. 아빠는 차에 실은 것도 같고 아닌 것도 같다며 어중간한 입장을 보였고 누나는 아예 밖으로 옮기지도 않았다고 단정 지었다. 나는 집 안에서도 밖에서도 직접 아이스박스를 옮기지 않아 기억이 안 난다고 털어놓았다.

"얘가 아이스박스 위에 앉아 있었어요."

여섯째가 다섯째를 손가락으로 가리켰다. 다섯째는 괜한 누명이라도 쓰게 될까 그러는지 자기는 절대 아니라고 항변하다가 여섯째에게 형이라고 부르라며 윽박질렀다. 넷째는 차에 탈 때 차 옆에 뭔가 크고 네모난 것이 있었는데 그게 아이스박스였는지는 확실하지 않다고 어물쩍거렸다.

"그걸 왜 이제 말해! 봤으면 확인을 했어야지!"

누나가 쏘아붙이자 넷째는 잘못 봤을 수도 있다며 증언을 번복했다.

"어쨌거나 음식을 다 두고 온 건 사실이네요."

형의 마지막 말에 우리는 모두 절망했고 고기를 못 먹는다는 사실에 쌍둥이가 급격히 침울해했다.

피라미드처럼 쌓여 있던 김밥이 영화의 한 장면처럼 스쳐 갔다. 며칠 전부터 엄마가 목록을 만들고 아빠가 여러 번에 걸쳐 장을 봐 온 재료들, 새벽부터 일어나 엄마 아빠가 함께 말았던 김밥. 쌍둥이와 막내까지 도시락 싸는 걸 돕겠다며 부산을 떨었었다. 빵에 잼을 바르는 동안 막내가 두 번이나 빵을 바닥에 떨어뜨렸는데도 엄마는 전혀 꾸지람을 하지 않았다. 엄마는 김밥을 썰고 남은 자투리를 쌍둥이와 막내의 입에 하나씩 넣어 주었다. 명상의 도움을 받아 화를 누르는 게 아니라 진심에서 우러난 인자함 같았다.

여행으로 관대해진 건 엄마만이 아니었다. 여행을 극구 반대하던 누나는 막상 떠나는 날이 닥치자 옷장을 열고 여행에 어울리는 옷을 찾았다. 엄선해서 고른 옷이었겠으나 내 눈에는 평소와 별 차이가 없는 청바지와 티셔츠를 입고 주방에서 음식 준비를 도왔다. 채소와 고기를 아이스박스에 차곡차곡 넣은 것도 누나였다. 여행이 아니라면 볼 수 없는 누나의 모습이었다. 여행이 사람을 변화시킬 수도 있다는 사실을 새삼 깨달았다. 그런데 그 모든 일들이 물거품이 되었다.

우리가 가지고 있는 음식 중에 저녁으로 먹을 만한 것은 라면이 전부였다.

"여행 와서 먹는 게 고작 라면이라니."

누나가 허탈해했고 엄마는 거의 울 것 같은 얼굴이었다.

"라면은 내가 잘 끓이니까 너무 상심 말아요."

아빠의 말도 엄마에게는 위로가 되지 못할 터였다.

"휴게소에서도 라면 먹었는데."

형도 실의에 빠졌다.

마침 우리가 두고 온 아이스박스는 새롬정육점에 잘 보관되어 있다는 연락이 왔다. 우리가 떠난 뒤에 길바닥에 덜렁 남아 있는 아이스박스를 정육점 주인아주머니가 발견한 것이다. 아주머니는 박스를 열어 전날 엄마가 사 갔던 고기를 보고 준열이네 것이라는 걸 단박에 알았다면서 호들갑스럽게 말했다.

"밥값은 원 플러스 원으로 해 줄게."

우리의 사정을 들은 펜션 주인할머니가 나섰다.

"마침 우린 짝수네요."

넷째의 말에 할머니는 강아지는 식구가 아니냐고 응수하더니 하나는 서비스라고 능청스럽게 웃었다.

뚝딱 차려 낸 할머니의 저녁 밥상은 푸짐했다. 청국장찌개에 밑반찬들이 제법 입에 맞아 나는 밥 한 공기를 금방 비웠다. 된장찌개를 잘 먹는다던 형수도 처음에만 좀 꺼리는 듯했지 청국장 특유의 맛을 곧 받아들였다.

"애기들이나 줘."

방문을 열고 들어온 할머니가 케첩을 뿌린 달걀 프라이 접시를 상 위에 놓았다.

"입이 몇인데 달랑 세 개야?"

할머니가 나간 뒤에 누나가 불만스러워했지만 쌍둥이와 막내의 입맛을 고려한 할머니의 배려라는 걸 알 수 있었다. 정작 음식을 입에도 대지 못한 건 넷째였다. 넷째는 숨을 못 쉬겠다며 코와 입을 틀어막고 버티다가 기어이 방을 뛰쳐나갔다. 무슨 음식이든 가리는 법이 없던 넷째의 모습에 다들 의외라는 반응을 보였다. 결국 넷째는 혼자 라면을 끓여 먹었고 할머니한테 애기들만도 못한 녀석이라고 꾸지람을 들었다.

"도시락은 그만 잊어요. 다들 잘 먹으면 됐지, 뭐."

아빠는 전날처럼 아침 밥상을 앞에 두고 엄마를 다독였다. 달걀

프라이는 네 개로 늘어 있었고 넷째는 달걀만 후루룩 먹고 역시나 방을 뛰쳐나갔다.

바람은 잦아들었어도 비는 오락가락하는 상태였다. 마루에서 바라본 바깥은 촉촉하게 젖어 있었다. 낮의 풍경은 밤과는 달랐다. 어둠 속에서 빗소리가 두드러졌던 밤에 비해 낮은 훨씬 고즈넉한 모습이었다. 쌍둥이의 장난치는 소리도 풍경 속에 녹아들어 평온해지는 기분이었다. 누나의 기대대로 고급스럽거나 좋은 숙소는 아니어도 이곳에서 지낸 하룻밤은 나쁘지 않았다. 눈만 마주치면 웃어 주는 형수가 한결 편하게 느껴지는 것도 밤의 풍경과 빗소리 덕분일 것이다. 형수의 이야기와 어우러졌던 밤과 비와 습기 머금은 공기들. 그리고 미지의 작가와 세계들.

"청국장 먹으러 또 오겠습니다."

할머니의 집을 나서며 아빠가 인사말을 건넸다.

"내가 만든 음식이 좀 중독성이 있다고들 해."

얼굴 표정 하나 변하지 않는 걸 보면 할머니의 말은 농담이 아니었다. 왠지 낯익은 느낌이었으나 할머니의 청국장이 맛있는 건 사실이었고 아빠의 말도 그냥 하는 말은 아니었다. 일 년 내에 재방문을 하면 할인을 해 주겠다면서 할머니는 손을 흔들었다.

"지니, 오늘도 잘 부탁한다."

넷째는 밤새 비를 맞고 서 있었을 차를 토닥토닥 두드렸다. 어느 때보다 부드럽고 다정한 손길로.

지니는 바다로 향했다. 언제 또 보게 될지 모르는 바다를 그냥 두고 떠나기에는 다들 아쉬움이 남았다. 흐린 날의 바닷가는 인적이 드물었다. 우산을 쓰고 해변을 거니는 사람은 있어도 돗자리를 펴거나 물놀이를 하는 사람은 없었다. 분무기로 뿌리듯 부슬부슬 내리는 비를 맞으며 엄마는 우두커니 바다 앞에 서 있었다.

"우리, 가족사진 찍습니다."

형수의 제안에 엄마는 모자를 챙겨 나왔다. 아빠가 지나가는 사람에게 사진을 부탁했다. 흩어졌던 가족들이 한자리에 모였다.

"비도 오는데 무슨 사진이야?"

누나가 불퉁거렸다. 넷째가 쌍둥이를 잡아 왔고 형이 막내를 안아 올렸다. 종종거리는 하늘이를 쌍둥이가 사이좋게 함께 안았다. 회색빛 바다를 배경으로 어색하게 서 있는 가족들 사이에 나도 끼었다.

"찍습니다!"

우리 가족의 두 번째 가족사진이었다. 엄마의 바람은 사진으로 남았다. 비록 엄마가 원하던 것과는 달랐지만.

다음 목적지로 가는 차 안에서 이 여행을 계속 이어갈 것인지 말 것인지에 대한 의견이 오갔다. 누나는 당장 집으로 돌아가야 한다고 설득에 나섰다. 앞으로 무슨 일이 더 생길지 모른다며 불길한 말을 늘어놓았다.

"그럼 다수결로 정해요."

다들 반응이 없자 누나가 의견을 냈다.

"다수결이 뭐야?"

막내가 쌍둥이에게 물었고, 여섯째는 "형이 알려줘." 하고 다섯째에게 양보했다.

"얜 맨날 귀찮게 해."

다섯째는 괜히 짜증을 내더니 자는 것처럼 팔짱을 끼고 눈을 감았다.

"이 여행을 계속해야 한다, 손 들어."

누나의 말에 하나둘씩 손이 올라갔다. 다수결의 뜻은 몰라도 막내와 여섯째가 제일 먼저 손을 올렸다. 다섯째도 실눈을 뜨고 손을 들었다. 형이 운전을 하면서 "이왕 시작한 건데 끝까지 가야지." 라고 말하자마자 형수가 "나도 갑니다." 하고 방긋 웃었다. 엄마는 처음부터 누나의 주장 따위는 안중에도 없었다. 아빠도 당연한 걸 묻느냐는 듯이 손을 들었다.

이미 결정이 났는데도 누나는 오기가 생겼는지 다시 물었다.

"그럼 이 여행은 여기서 멈춰야 한다, 손!"

누나가 번쩍 팔을 올렸다. 돌아가자는 의견은 누나와 나밖에 없었다. 넷째는 줄곧 게임에 빠져 있어 무슨 일이 일어나고 있는지도 몰랐다.

"네가 더 나빠!"

누나가 넷째의 휴대폰을 뺏었고, 넷째는 악의 무리를 처단하는 결정적 순간을 망쳤다면서 분개했다.

"근데 다수결이 무엇입니까?"

이번에는 형수가 물었고, "많은 게 이기는 거." 하고 엄마가 대답해 주었다.

"와, 우리가 이겼다!"

막내가 양팔을 들어 올렸다.

산이 가까워지면서 하늘도 빠르게 개었다. 캠핑장에는 벌써 많은 텐트가 자리를 잡고 있었다. 기온이 점점 올라 짐을 옮기는 동안 땀이 흘렀다. 엄마 아빠가 마트에 가서 먹을거리와 하늘이의 목줄을 사고, 남은 가족은 텐트를 치기로 했다. 막내는 엄마 아빠를 따라나섰고 쌍둥이는 한사코 텐트를 치겠다고 주장하는 통에 남겨졌다.

"텐트 쳐 본 사람?"

형의 물음에 다들 고개를 저었다.

"나는 텐트를 처음 봅니다."

형수는 잔뜩 기대에 부풀어 있었다. 누나는 두 개의 텐트 중 작은 원터치 텐트를 쫙 펼쳤다.

"우와!"

쌍둥이가 환호성을 질렀다. 형수는 쌍둥이만큼이나 좋아하면서 박수를 쳤다.

"오, 잘하는데?"

넷째까지 칭찬하자 누나는 잠시 우쭐했다.

"천천히 하면 되겠지."

형은 텐트의 부품을 하나씩 늘어놓고 계획을 세웠다.

"이걸 먼저 잡아 주고, 바닥을 고정시켜야 하니까 쌍둥이는 가서 망치로 쓸 돌 좀 집어 와라."

형의 지시에 쌍둥이가 재빠르게 움직였다. 하늘이가 뒤를 따랐다. 쌍둥이는 숲이 있는 쪽으로 뛰어가더니 이게 더 크다, 저게 더 망치 같다, 하며 옥신각신했다.

오후가 되면서 볕이 뜨거워졌다. 습기가 날아가 마른땅에서 열이 올라왔다. 어느새 땀이 머리와 얼굴을 타고 흘러내렸다. 빨리 텐트를 완성해서 그늘이라도 만들면 나을 텐데 텐트는 좀처럼 진전이 없었다.

"이게 먼저입니까?"

형수와 형은 폴대를 들고서 갈피를 못 잡았다.

"형수님은 쉬시죠. 홀몸도 아닌데."

넷째가 무심결에 말했다가 누나에게 얻어맞을 뻔했다.

"누구보고 형수래?"

누나의 다리가 올라가자 넷째는 잽싸게 누나의 다리를 잡았다.

"놔라."

누나는 제자리 뛰기를 하며 넷째에게서 벗어나려고 버둥거렸다. 나는 둘에게서 신경을 끄고 형과 형수 옆에 쭈그려 앉았다. 형은 바닥에 설명서를 펼쳐 둔 채로 고민에 빠졌다.

"여기까지는 되는데, 여기부터가 문제야."

형이 손가락으로 툭툭 한 곳을 짚었다.

"제가 해 볼까요?"

난데없이 들리는 익숙한 목소리. 설마, 하며 뒤를 돌아보았다가 나는 너무 놀라 헉 소리가 터져 나왔다.

"동이 형!"

가장 반가워한 건 넷째였다.

"너 이리 안 와?"

누나는 넷째에게 분풀이를 하지 못해 안달이었다.

"배신자."

동이는 눈을 부릅뜨고는 내게 달려들어 헤드록을 걸었다.

"어떻게 찾았냐?"

형이 묻자 동이는 그제야 팔을 풀었다.

"뛰어 봤자 이 강동이 손바닥 안이죠."

동이는 손바닥을 펼쳐 보이며 씩 웃었다. 그러고는 형수를 향해 선서를 하듯 한 손을 올렸다.

"형수님으로 잘 모시겠습니다!"

동이가 넉살 좋게 말했다.

"배신자는 너야, 인마. 네가 우리 집에서 먹은 밥이 몇 그릇인데."

분위기 파악도 못 하고 아무나 형수라고 부르느냐며 누나가 동이를 몰아세웠다.

"그래서 저만 빼고 여행을 가요? 같이 먹은 밥이 얼만데?"

동이가 따지자 누나는 그제야 쌜쭉한 얼굴로 입을 다물었다.

동이는 늘 그렇듯이 어제도 우리 집을 찾았다. 이미 우리가 떠난 뒤에.

> 문 열어라. 형님 오셨다.

> 나 집 앞이야. 대답 좀.

> 무슨 일이야? 왜 조용한데?

> 별일 없는 거지?

동이가 나에게 연달아 메시지를 보냈다. 우리 집이 조용할 리도, 아무도 없을 리도 없기 때문에 동이는 엄청 걱정하고 있었다. 알면서도 나는 전화와 메시지를 무시했다. 여행을 떠나는 줄 알게 되면 녀석은 반드시 따라올 것이다. 중도에 빠져나올 계획을 세운 마당에 동이를 가족과 붙여 둘 수는 없었다. (물론 동이는 나 없이도 우리 가족과 잘 지내겠지만.) 나는 동이에게 이번 여행 계획을 끝까지 함구하기로 마음먹었다. 가족들이 여행에 대해 단서를 흘릴 때마다 동이의 주의를 분산시켜 끝까지 비밀을 지켰다. 아무리 그래도 눈치가 빨랐더라면 알아챘을 텐데 동이는 뭔가 낌새를 채다가도 그러려니 넘겼다. 내가 동이를 친구로 삼은 이유라면 이유였다.

집 앞에서 암만 기다려도 내가 대답이 없자 동이는 결국 넷째에게 연락을 한 거였다. 출발을 한 뒤라 마음을 놓았던 게 실수였다. 설마 여기까지 따라올 줄이야.

"누구입니까?"

"우리 집 하숙생."

형은 형수에게 동이의 정체를 밝혔다.

"네?"

형수가 눈을 크게 떴는데 '하숙생'이라는 단어의 뜻을 몰라 그러는 건지 우리가 하숙생을 둔다는 사실에 놀란 건지는 확실하지 않았다.

"그건 그렇고 너 텐트 쳐 봤나?"

형은 바로 본론으로 들어갔다.

"텐트 하면 강동이죠."

동이는 설명서도 보지 않고 바로 작업에 들어갔다. 아까 형이 손가락으로 짚었던 부분을 보면서 형에게 설명까지 해 주었다.

"나는 꼭 동이 형을 데려오고 싶었거든? 기다려야 된다고 그렇게 말을 했는데."

넷째는 동이 옆에 착 달라붙어 쉬지 않고 입을 놀렸다.

내가 봐도 동이와 넷째는 외모며 성격에서 형제처럼 묘하게 닮은 구석이 있었다. 넷째는 입이 우선이고 동이는 몸이 먼저라는 차이점이 있긴 하지만.

동이와는 중학교 3학년 때 같은 반이었다. 이전에도 오가며 마주친 적은 더러 있어도 얼굴만 아는 정도라 인사를 하고 지내는 사이는 아니었다. 외모는 평범한데 건들거리며 다니는 게 어째 나사 하나가 풀린 녀석처럼 보였다. 한 반이 된 뒤로도 딱히 동이와 가까워질 기회는 없었다. 나는 2학년 때 같은 반이었던 친구들과 어울려 다녔다. 동이가 누구랑 친하게 지내는지 관심도 없었다.

새 학기가 시작되고 한 달 정도 지났을 무렵이었다. 동이가 내 눈에 들어오는 (실은 반 아이들을 비롯한 선생님에게 '돌아이'로 찍히게 된) 결정적인 사건이 있었다.

"넌 꿈이 뭐냐?"

요즘 애들은 꿈도 없고 생각도 없다며 일장 연설을 늘어놓던 수학 선생님이 문득 한 아이에게 물었다. 딱 봐도 얼굴에 '모범생'이라고 쓰인, 수업 시간에 누구보다 적극적인 아이였다. 아이는 안경을 추어올리며 자신 있게 말했다.

"저는 공학자가 되고 싶습니다!"

"공학자가 뭘 하는 사람인데?"

선생님은 아이의 자리까지 걸어와 물었다. 선생님의 질문에는 왠지 모를 비웃음이 어려 있었다.

"여러 가지를 연구하고 만드는 사람입니다!"

아이는 끝까지 소신껏 대답했다.

"그래, 많이 만들어라."

선생님은 툭툭 아이의 어깨를 두드리며 지나쳤다. 그 아이의 옆자리였던 동이는 마침 뜻 모를 웃음소리를 내서 주변의 이목을 끌었다. 선생님이 걸음을 멈추고 동이에게 시선을 꽂았다. 비딱하게 앉은 동이는 뭔가 불만스러운 태도였다. 선생님은 그냥 지나치지 못하고 끌끌 혀를 찼다.

"넌 대체 뭐가 되려고 그러냐? 꿈이라는 게 있기는 하냐?"

선생님의 질문에 동이는 고개를 바짝 치켜들었다.

"저, 꿈 있는데요."

동이는 눈 하나 깜짝하지 않았다.

"그래, 넌 꿈이 뭔데?"

선생님은 어디 들어나 보자는 듯이 물었다.

"깡패요."

"뭐?"

아이들 몇이 웃음을 터뜨렸고 선생님은 황당함과 당황스러움이 반씩 섞인 얼굴로 동이를 내려다봤다. 선생님은 화를 꾹 눌러 참고 동이에게 물었다.

"깡패가 뭐 하는 사람인 줄은 알고 하는 소리야?"

반 전체가 호기심 어린 눈으로 동이의 다음 말을 기다렸고 동이는 조금 전에 대답했던 아이를 흘겨보았다.

"얘가 만든 거 부수는 사람이요."

아이들이 책상을 두드리며 와르르 웃어 댔다. 앞서 대답했던 아이와 동이만 웃지 않았다.

"에라이."

선생님은 동이를 향해 잠시 손을 올렸다가 내렸다. 내가 피식 웃음을 짓던 차에 동이와 눈이 딱 마주쳤고 나는 이내 웃음을 거두었다. 동이의 불량기는 어딘가 어설펐지만 어쨌든 정상은 아닌 게 분명했다.

그날부터 동이는 '깡패'로 불렸다. 그렇게 불리는 걸 동이도 싫어하지 않는 눈치였다. 원래 동이의 별명은 '양동이'였기 때문에 별명을 벗어나기 위해 일부러 수를 쓴 건 아닐까 의심스러웠다. 물론 나와는 친하지 않아 내가 동이를 '양동이'나 '깡패'로 부를 일은 없었다. 동이와 가까워진 건 그 일이 있고 나서 한참 뒤였다.

막내를 데리고 동네 슈퍼마켓에 가던 길이었다. 막내의 조막만한 손을 잡고 걷는 건 기분 좋은 일이라 나는 엄마의 심부름에 막내를 데리고 나갔다. 엄마가 부탁한 과일을 사고 막내가 좋아하는 막대 사탕도 하나 샀다. 슈퍼 앞 골목에 서서 사탕의 껍질을 벗겨 막내의 입에 물려 주었을 때였다.

"어! 맹준열?"

돌아보니 동이가 껄렁껄렁하게 걸어오고 있었다. 면 티셔츠 위에 입은 교복 셔츠의 단추는 죄다 풀어 헤치고 한쪽 어깨에 가방을 대충 걸친 게 불량스럽게 보이려고 안달이라도 난 모습이었는데, 그렇다고 딱히 악한 느낌이 들지는 않았다.

동이의 눈길이 사탕을 빨고 있는 막내에게로 닿았다. 누구냐고 물어 동생이라고 얼버무리며 나는 막내의 손을 잡고 걸음을 옮겼다. 당장은 좀 부족해 보여도 잠재적인 깡패에게, 그러니까 깡패가 되기를 꿈꾸는 녀석에게 동생을 알려 주는 실수를 저지르고 만 것이다.

"몇 살인데? 완전 늦둥이네? 너 첫째야?"

내 마음을 알 리 없는 동이는 계속 나를 귀찮게 하더니 기어코 우리 집 앞까지 쫓아왔다.

"안 가냐?"

빌라 근처에 다다랐을 때 내가 물었다.

"집에 라면 있냐?"

동이의 물음에 나는 잠시 멍하게 서 있었다. 왜 그랬는지 모르겠으나 막내는 (말도 잘 못할 때였는데) 느닷없이 동이의 손을 잡았다. 동이가 우리 집 하숙생으로 기거하게 될 줄 알았더라면 매몰차게 손을 놓게 하는 거였는데, 나는 두고두고 그때를 후회했다.

라면만 먹고 가겠다는 동이에게 엄마는 9인분이나 10인분이나 별 차이가 없다며 (형이 군대에 가 있었는데도 엄마는 우리를 아홉이라고 여겼다) 군이 밥을 차려 주었고 동이는 그날 혼자서 족히 3인분은 먹어 치웠다. 친하지도 않은 사이인데 어색한 기색조차 없는 모습이 어이가 없다 못해 놀라울 지경이었다. 동이는 동이대로 줄줄이 소시지처럼 방에서 나오는 우리 형제들을 보고 입을 다물지 못했다. 심지어 본인의 장래 희망도 망각한 채 껄렁거리는 모습은 온데간데없이 가족들에게 무한한 친화력까지 보였다. 넷째 와는 휴대폰 게임 한 판으로 마음을 텄고 막내에게는 스스로를 오빠라고 칭하면서 엄청 다정하게 굴었다. 막내를 들어 안아 허리에 둘러메고 제자리를 빙글빙글 돌자 막내는 깔깔거리며 웃어 댔다.

"형아 집에 야구 글러브랑 배트도 있거든. 빌려줄까?"

동이는 쌍둥이의 마음까지 사로잡기에 이르렀다. 어쩜 이렇게 아이를 잘 돌보느냐고 엄마가 감탄했다.

"얘는 깡패라고요!"

내 말에 아빠는 멀쩡한 이름을 두고 친구를 나쁘게 부른다며 나무랐다.

동이가 우리 가족에게 스며들게 된 데에 결정적인 역할을 한 사람은 바로 누나였다. 누나는 평소에 별다른 노력을 들이지 않아도 '센' 느낌이 팍팍 전해졌다. 누나가 입꼬리를 올리며 슬쩍 웃어 보이기라도 하면 처음 누나를 대하는 또래나 후배들은 자동으로 눈을 내리까는 것이다. 그렇다고 누나가 음지 생활을 즐기는 건 아니었다. 비슷한 분위기의 친구들과 몰려다니기는 해도 누구를 괴롭힌 적은 없었다. 스스로가 굉장히 정의롭다고 여기기 때문에 (어렸을 때부터 누나의 꿈은 경찰이었다) 오히려 이유 없이 남을 괴롭히는 애들을 응징하는 쪽이었다.

경찰대 합격 점수를 알면서도 누나가 꿋꿋하게 경찰이 되겠다고 버티다가 포기한 결정적인 이유는 처음으로 경찰서에 가게 된 사건 때문이었다. 인근 학교의 일진 아이들과 마주친 누나와 친구들은 바로 자리를 뜨려고 했으나 진즉에 누나를 점찍어 놓았던 일진들이 누나를 쉽게 놓아주지 않았다. 일진 중 하나가 누나보다 좀 만만해 보이는 다른 친구의 다리를 걸며 싸움이 시작되었고, 그 틈에 일진들에게 잡혀 있던 학생이 도망치면서 경찰서에 신고를 했다. 출동한 경찰들에게서 누나와 친구들은 일진과 똑같은 대우를 받았는데 이 대목에서 누나는 자신의 억울함을 강력히 항변했으나 경찰 중 누구도 누나의 말을 귀담아듣는 사람이 없었다.

"제 꿈이 경찰인데 왜 남을 괴롭혀요?"

급기야 누나는 자기 꿈까지 들먹이며 결백을 호소했음에도 "아이고, 그러세요?" 듣는 둥 마는 둥 하는 경찰 때문에 증오심이 끓어올랐다. 경찰에 대한 믿음과 선망이 무너짐과 동시에 경찰서 의자에 앉아 있는 동안 불현듯 경찰대 점수와 경찰 공무원 시험의 경쟁률이 떠올랐다. 하필 경찰서 안에서 취객이 난동을 부리는 것까지 목격하면서 누나는 경찰에 대해 품고 있던 기대를 완전히 접었다.

누나가 경찰이 되기를 포기한 건 가족들 모두 알고 있던 일이었다. 다만 새로운 목표가 생긴 건 나도 얼마 전에야 알게 되었다. 이번에도 누나와 어울리지 않는 꿈이었다.

"군인?"

전혀 예상치 못했다는 나의 반응에도 불구하고 누나는 심각한 얼굴을 하고 있었다. (경찰 운운할 때와는 또 달랐다.) 누나는 부사관 시험을 준비하고 있다고 내게 고백했다. 규칙이나 규율과는 거리가 먼, 자기 주장에 맞지 않으면 위아래도 따지지 않는 누나에게 군대 생활이 가당키나 한지 심히 걱정스러웠다. 내 염려와 달리 누나는 그런 현실을 크게 고민하지 않았다.

"필기시험이 좀 문제이기는 한데."

체력 테스트는 그렇다 치더라도 (높은 곳을 뛰어넘거나 달리는 데 있어 누나를 따라올 사람이 없다는 건 이미 중학교 때 증명된 바였다) 필기시험은 물론 면접이 특히 우려스러웠는데 누나는 벌써 다 합격한 사람처럼 굴었다.

"딴 사람한테 말하면 가만 안 둔다."

누나가 주먹까지 들어 보였다. 우리끼리만 아는 극비라면서.

"그게 뭔 비밀이야? 그리고 나한테는 왜 얘기하는데?"

"한 사람은 알고 있는 게 좋을 거 같아서. 오빠한테 말하면 일일이 따지고 들 거고 넷째는 입이 가벼워서 안 돼."

누나는 시험에 합격하면 가족들에게 서프라이즈를 할 거라면서 제법 야무진 결심을 내비쳤다. 말은 그렇게 했지만 떨어질 가능성도 염두에 둔 게 틀림없었다. 경쟁률이 높아 한 번에 붙기 어려운 시험이라는 말을 덧붙였다. 누나 같은 사람이 과연 나라를 지킬 수 있을지는 모르겠으나 남몰래 자신의 꿈을 찾고 있는 누나가 조금 달라 보이기는 했다.

어쨌든 집에 들어서는 누나를 처음 마주한 동이는 그만 얼어붙었다.

"아, 안녕하세요? 준열이 친군데요."

동이가 깍듯하게 인사를 했고 누나는 물 한 잔을 단숨에 들이켜고는 동이를 본체만체 지나쳤다. 동이는 그런 누나를 홀린 듯 바라보았다. 경이로움에 가득 찬 동이의 눈빛은 누나를 거의 '형님'으로 모실 기세였다. 짧은 순간 누나의 포스를 느꼈다며 드디어 인생의 '멘토'를 만났다고 흥분해서 말했다. 마침 누나가 손가락을 까닥이며 동이를 불렀고 동이는 재빨리 누나의 옆으로 가 다소곳하게 앉았다.

"깡패든 뭐든 객관적으로 묻자."

정작 누나의 관심은 다른 데 있었다. 누나는 우리 식구의 말은 잘 믿지 않았기 때문에 새롭게 등장한 동이의 의견을 듣고 싶어 했다. 누나가 알고 싶어 한 것은 골라 놓은 청바지 두 벌 중 어떤 게 자기한테 잘 어울리겠냐는 것이었다. 비슷한 옷을 두고 동이는 뚫어져라 모니터를 들여다보았다. 그러고는 두 번째 것을 골랐다.

"확실해?"

누나가 거듭 확인하자 동이는 모델이랑 이미지가 비슷하다는 말도 안 되는 얘기로 누나를 현혹했다.

라면만 먹고 가겠다던 동이는 그날 저녁 여덟 시 뉴스가 시작될 무렵에야 마지못해 일어섰다. 넷째는 동이를 배웅하면서 앞으로 우리 집에 방문할 시에 알아 두어야 할 주의 사항까지 알려 주었다. 집 안에서 줄임말은 일절 사용할 수 없다는 것과 (아빠가 알고 있는 '물냉'과 '비냉'이 유일하게 허용되는 줄임말이었으나 집에서 이 말을 쓸 일은 거의 없었다) 규칙을 어길 시에는 용돈이 삭감된다는 등 (동이는 출입이 통제될 수 있을 거라 조언해 주었다) 묻지도 않은 얘기를 늘어놓았고 동이는 동이대로 중요한 정보라도 들은 듯 넷째에게 고마움을 표했다. 동이는 우리 형을 만나지 못한 걸 무척 아쉬워하며, 또 오겠다는 말을 남기고 돌아갔다. 나중에 휴가를 나온 형과 마주쳤을 때 동이는 마치 친형을 만난 것처럼 반가워했는데 형도 가족들에게서 동이 얘기를 들은 뒤라 "너구나." 정도로 동이를 편하게 맞아 주었다.

가족들과 친해진 녀석은 우리 집을 제집처럼 드나들었다. 길에서 우연히 만난 날, 어떻게든 동이가 따라오지 못하게 했었어야 한다고 나는 여러 번 후회를 했다. 부모님이 맞벌이를 해서 거의 동이 혼자 지낸다는 말을 듣고 엄마 아빠는 이따금 "동이도 부르지 그러냐." 하고 동이를 찾았다. 동이의 부모님이 운영하는 '부부치과'는 번화한 도로에 인접한 꽤 좋은 자리에 있었다. 예약 없이는 진료가 어려울 정도로 붐볐다. 심지어 동이는 외아들이라 부러울 것이 없었다. (동이의 성장 배경은 내게 어떤 영화나 드라마보다 더한 반전을 안겨 주었다. 부족한 것 없이 자란 녀석이 저렇게 부족해 보일 수 있다니!) 그럼에도 엄마 아빠는 동이가 외동이라 그런지 외로워 보인다거나 혼자 먹는 밥은 맛이 없을 거라며 온갖 걱정을 해서 내 속을 답답하게 만들었다.

"도우미 아주머니 음식 솜씨가 장난 아니라니까요."

내 말은 듣지도 않았다. "동이 형 안 와?" 쌍둥이는 동이를 기다렸고, "동이 오빠는?" 막내까지 거들었다. 같은 고등학교로 배정을 받은 뒤로 나는 동이가 집에 오든 말든 신경도 쓰지 않게 되었다.

텐트를 앞에 두고 머리를 맞댄 형과 넷째, 누나와 동이의 모습은 흡사 형제 같았다. 키나 몸무게가 대한민국 표준인 우리 형제들과 달리 (물론 누나는 아직까지 성장판이 닫히지 않았다고 주장하고 있다) 동이는 나보다 10센티미터 이상 크다. 나와는 전혀 닮았을 리가 없다고 믿고 있으나 얼마 전 학교에서 우리 둘이 비슷하다는 말을 듣고 경악한 일이 있었다. 그 말을 한 녀석을 나는 졸업 때까지 미워하기로 작정했다.

"동이가 오니까 진행이 되네."

인정하고 싶지 않지만 형의 말대로 어느새 텐트의 모양이 잡혔다. 넷째는 역시 동이 형이라며 추켜세웠다. 텐트에서는 절대 못

잔다던 누나까지 마음에 들어 하는 눈치였다.

"집 같습니다. 큽니다."

형수도 만족스러워했다. 쌍둥이는 펄쩍펄쩍 뛰면서 텐트 주위를 돌았다. 아래층 사람들이 시끄럽다고 올라올 걱정을 하지 않아도 되니 원 없이 뛸 수 있었다. 쌍둥이 못지않게 쉬지 않고 움직이는 건 하늘이였다. 하늘이는 가족들 중에서도 쌍둥이와 막내를 가장 잘 따랐다. 쌍둥이가 뛰면 같이 뛰고 막내가 안아 주면 엄마 품에 안긴 아기처럼 얌전히 있었다. 가족이 된 지 이제 겨우 이틀째인데 마치 오래전부터 우리와 함께 지낸 것처럼 익숙했다.

"셋째야, 넌 뭐 하고 있어? 와서 붙잡지 않고."

형의 말에 나는 퍼뜩 정신을 차려 지지대를 잡았다. 형은 마저 텐트의 모양을 만들었고 넷째와 누나는 텐트를 고정할 못을 박았다. 동이가 오면서 일은 순조롭게 진행되어 텐트가 어느 정도 마무리지어졌을 때에 엄마 아빠도 돌아왔다.

"왜 안 오나 했네."

엄마 아빠는 동이를 보고도 당연하게 넘어갔다. 이러다가 동이가 하숙생에서 진짜 가족이 되는 건 아닐까 싶은 불길한 생각에 나는 마구 고개를 저었다.

7
불을 들여다보다

우리는 세 팀으로 나뉘었다. 나랑 동이는 텐트를 지키고 엄마와 누나, 넷째와 쌍둥이는 계곡에서 물놀이를, 아빠와 형과 형수는 사찰 주변을 산책하기로 했다. 막내는 무조건 아빠를 따랐다. 하늘이는 마트에서 사 온 목줄을 걸어 쌍둥이가 데려갔다.

가족들이 멀어지는 모습을 보며 나는 처음으로 편안한 숨을 내쉬었다. 동이는 계곡으로 따라가려다가 내 곁에 남는 걸로 의리를 지켰다.

나와 동이는 텐트 안에 벌렁 누웠다. 매미 우는 소리가 시원스레 들렸다. 그늘로 들어오니 제법 산뜻함까지 더해졌다. 이런 순간을 위해서 고생을 하더라도 사람들이 여행을 떠나오는 건가 싶었다.

모든 것을 벗어나 쉴 수 있는 여유가 썩 괜찮았다.

혼자 떠날 수 있는 가장 좋은 타이밍이었다. 텐트를 치는 어려운 고비도 넘겼고 날도 좋아졌다. 가족들은 각자 원하는 장소에서 원하는 시간을 보낼 것이다. 그런데 어쩐지 지금은 떠나고 싶은 마음이 들지 않았다. 마치 내가 속해 있던 세계 밖으로 나온 기분이 들어 이곳에 조금 더 머물고 싶었다.

습관처럼 『데미안』을 펼쳐 책장을 넘겼다. 그러다가 아무 페이지에서 멈추고 눈에 들어오는 부분을 읽었다.

불을 들여다보고 있는 것이 나는 기분 좋았다. 불을 들여다보고 있는 것은, 내 안에 잠재되어 있었지만 사실 한 번도 보살핀 적 없었던 내면의 성향들을 강화하고 확인시켜 주었다.

나는 불을 들여다본 적이 있던가. 내 안에 있지만 한 번도 보살핀 적 없었던 나의 성향들……. 몇 번을 읽어도 알 듯 모를 듯한 말이었다. 사실 『데미안』의 문장 대부분이 그랬다.

"여기까지 와서 뭔 책이야?"

동이가 내 손에서 책을 빼앗아 텐트 구석으로 던져 버렸다.

"깡패 같은 자식."

나는 씩 웃고는 똑바로 누워 팔베개를 했다.

"불을 본 적 있냐, 너는?"

내가 물었다.

"불을 낼 뻔한 적은 있는데."

동이는 어렸을 때 불장난을 하다가 집에 불이 날 뻔했던 얘기를 들려주었다. 불이 화르륵 타오르는 아찔함을 경험한 뒤로 라이터도 켜지 못하는 트라우마가 생겼다는 것이다.

"진정한 깡패가 되려면 담배를 피워야 하는데 말이야."

담배를 피우지 못하는 것도 실은 라이터 때문이라고, 동이는 스스로를 안타깝게 여겼다.

동이가 깡패에 집착하는 이유는 부모님 때문이었다. 보란 듯이 깡패가 되어 부모님 앞에 서는 것. 생각만 해도 짜릿하다고 동이는 키득거렸다. 반은 농담으로, 반은 진심으로 들렸다.

우리 집에는 뻔질나게 드나들면서 동이는 제 집에 나를 데려가는 걸 꺼렸다. 처음에는 친구에게도 보여 주고 싶지 않을 정도로 가난하거나 가슴 아픈 가정사라도 있는 줄 알았다.

"우리 집에 가 봤자 재밌는 일이 없거든."

녀석이 하는 말은 핑계라고 생각했다. 동이네 집에 가게 된 것도 우연한 일 때문이었다.

도서관에서 읽으려던 책이 대출 중이었다. 예약을 하고 나오면서 동이에게 책 제목을 얘기했더니 자기 집에서 본 것 같다며 긴가민가하는 것이다. 나는 당장 동이를 앞세워 동이네 집으로 갔다. 가정 형편이 어떻든지 편견 없이 동이를 받아들일 결심까지 했다.

동이네 집에 발을 들여놓으며 나는 놀라움을 감출 수가 없었다. 대리석이 깔린 거실 바닥과 8인용 식탁이 놓인 주방이 시선을 사로잡았다.

"웬일로 친구를 데려왔어?"

동이네 엄마인 줄 알고 꾸벅 인사를 했는데 알고 보니 도우미 아주머니였다. 엄마 아빠가 맞벌이를 한다는 것만 알았지 의사인 줄은 그때 알았다. 동이와 나 사이에 바닷물이 갈라지는 것 같은 이질감이 들었다.

나를 정말 놀라게 한 것은 서재였다. 서재에는 사방에 책이 빼곡하게 꽂혀 있었다. 서점의 책을 분야별로 옮겨 놓은 것처럼 종류도 다양했다. 동이의 기억과는 다르게 내가 찾는 책은 눈에 띄지 않았다. 같은 작가의 다른 책은 있었지만 내가 찾는 책은 아니었다. 세계 문학 쪽에는 『데미안』도 있었다. 내 책과 다른 출판사에서 나온 번역본인데 한 번도 읽지 않은 듯 깨끗했다.

"대부분 전시용이야. 필요한 책 아니면 잘 안 봐."

부모님이 책 읽는 걸 동이가 보지 못한 것일 수도 있었다. 아무튼 동이의 부모님은 책을 매우 소중하게 다루거나 읽지 않거나 둘 중 하나로 추측되었다. 동이는 읽고 싶은 책이 있으면 빌려 가라고 했는데 나는 그날 한 권의 책도 빌리지 않았다.

"도서관에서 빌려 읽지 뭐."

그게 훨씬 편할 것 같았다.

동이의 말대로 동이네 집에서 할 일은 딱히 없었다. 귀에서 이명이 들릴 정도로 집이 조용해 발걸음도 조심스러웠다. 동이도 여느 때와 달리 말이 줄었다. 게임을 할 때는, 나도 동이도 평소보다 실력이 나오지 않아 시시하게 끝나 버렸다. 도우미 아주머니가 내준 다양한 간식 중에 샌드위치 하나를 먹고 나니 헛배가 불렀다. 동이가 남은 간식을 챙겨 주었다. 엘리베이터를 타고 1층으로 내려와 현관 밖으로 나오자, 바람이 무척이나 상쾌하게 느껴졌다.

동이네 집에서 가져온 간식은 풀어놓기가 무섭게 사라졌다. 동이네 집에서는 별맛이 안 났는데 동생들이 먹는 걸 보니 나도 덩달아 먹고 싶어졌다. 동이가 우리 집에 오면 밥을 두 공기씩 비우는 이유도 이해가 갔다. 그 이후로는 동이네 집에는 잘 가지 않게 되었다.

"형님 주무실 테니까 재미있는 얘기나 해 봐라."

가만히 있으려니 좀이 쑤신지 동이는 막 캠핑장을 한 바퀴 뛰고 온 참이었다. 스트레칭으로 몸을 풀고 텐트로 들어와 눈을 감았다. 평소에도 내가 주절주절 떠드는 걸 자장가 삼아 듣는 녀석이었다. 내가 말도 안 되는 '썰'을 풀어놓아도 잠자코 들어 주는 건 동이밖에 없었다. 가족들과 있을 때는 말할 틈이 없거나 말을 해도 귀담아 듣는 사람이 없었다. 말수가 적은 형이 어쩌다 입을 열면 다들 집중했고 누나야 워낙 자기주장이 강해 어디서든 존재감이 드러났다. 넷째는 무슨 말을 하든 자연스럽게 눈에 띄었다. 반면 나는 어떤 행동을 해도 크게 관심을 끌지 못했다. 학교에서든 집에서든. 누나만큼 주장이 강하거나 넷째처럼 튀지는 못해도 형처럼 과묵한 스타일도 아닌데. 어중간하면 묻힌다고 동이가 지적했다.

"내 친구가 다니는 학교에 전설 같은 얘기가 있거든."

이야기를 시작하자마자 동이는 "친구 누구?"라며 끼어들었다.

"있어. 초등학교 동창인데 별명은 '또자'라고. 학교에서는 점심시간만 빼고 늘 잠만 자는 애야."

말하고 보니 나는 늘 어딘가 부족한 녀석들과 가깝게 지내 온 것 같았다.

"아무튼 중요한 건 이게 실화라는 건데."

나는 이야기를 이어 나갔다. 이야기의 배경은 지방의 어느 작은 학교였다. (또자는 중학교에 입학하면서 멀리 이사를 갔다.)

"또자가 다니는 학교에 빈 교실이 하나 있다는 거야. 예전에는 학생들이 공부를 했던 평범한 교실이었지만 지금은 폐허처럼 아무도 드나들지 않는 곳 말이야. 선생님이나 학생은 물론 수위도 들어가지 않다 보니 교실은 점점 먼지가 쌓이고 흉물스러워졌겠지. 그 교실 때문에 또자네 학교에 오기 싫어하는 애들까지 있었대."

동이는 눈을 감은 채로 쿡쿡 웃었다. 책 한 권 읽지 않는 녀석이 이야기 듣는 건 즐겼다. (그러면서도 내게는 입으로 떠들지만 말고 글로 써 보라는 말도 안 되는 충고를 가끔 했다.) 어렸을 때 할머니 손에 자라며 온갖 이야기를 들었다더니 습관이 된 걸까. 동이는 할머니가 돌아가셨을 때 서럽게 울었던 것도 실은 더 이상 이야기를 들을 수 없어서였다고 했었다.

"교실이 그렇게 방치된 건 사실 이유가 있었지. 인근의 마을 사람들까지 다 알고 있었던 일. 하지만 그때까지 또자에게는 전혀 정보가 없었어. 게다가 어리바리한 전학생은 아이들의 타깃이 되기 딱이었고."

"저런."

동이가 혀를 찼다.

"전학 첫날부터 내리 잠만 자는 또자를 보고 아이들이 장난을 치기로 한 거야. 학교에 잠자기 딱 좋은 곳이 있다, 빛도 안 들어오고 선생님들 감시도 없고 조용하기는 이를 데가 없다고. 물론 또자는 잠자리를 가리지 않았어. 엉덩이를 붙일 수 있는 곳이면 어디든 괜찮았으니까."

"나는 서서 자는 사람도 본 적 있어. 미용실에서 내 머리를 자르던 누나가 가위를 든 채로 졸더라고."

동이가 과거를 떠올렸다.

"귀는 괜찮았냐?"

내가 손가락으로 허공에 가위질을 해 보이자 동이는 "다행히."라고 대답하며 한쪽 귀를 만졌다. 동이라면 귀가 다칠까 봐 조마조마해하면서도 미용실 누나가 스스로 정신을 차릴 때까지 모르는 척하고 있었을 것이다. 그렇게라도 누나가 잠시 쉴 수 있게.

"또자가 그렇게 자는 원인은 사실 불가사의했어. 네가 말한 미용실 누나처럼 종일 일을 하는 것도 아닌데 말이야. 얘길 들어 보니 집에서도 일찍 잠자리에 들더라고. 병원에서도 별 이상이 없다고 하고."

"미스터리하군."

"진짜 미스터리한 건 지금부터야. 아무튼 좋은 게 좋은 거라고, 아이들의 말에 또자도 혹하고 만 거지. 점심을 후다닥 먹고는 아이들이 알려 준 대로 빈 교실을 찾아갔어. 다른 교실과는 좀 떨어진 외진 곳이었는데 정말 잠자기 안성맞춤한 곳이었대. 또자는 빈 교실에 들어가서 가장 마음에 드는 자리를 골라잡은 후에 바로 잠이 들었어. 얼마나 달게 잤는지 수업이 모두 끝날 때까지도 깨지 않았던 거지. 신기한 건 또자는 쉬는 시간에는 꼭 일어났거든. 그런데 그날은 단 한 번도 깨지 않았대. 수업이 끝나고 다들 돌아갈 때까지 또자는 그 교실에서 잠을 잤어. 문제는 집에 돌아가면서 아이들도 또자를 까맣게 잊었다는 거야. 아직 친한 친구도 없는 데다 늘 잠만 자는 전학생을 깜빡했을 수도 있었겠지. 그날따라 담임은 바빴는지 종례도 안 했고. 밤이 될 때까지 또자가 오지 않자 집이 발칵 뒤집혔어. 선생님한테 비상 연락을 받은 아이들은 그제야 아차, 하면서 학교로 달려왔대. 저희들의 장난 때문에 또자한테 큰일이 생긴 건 아닐까 아이들은 뒤늦게 후회를 하고 난리도 아니었다나 봐."

"교실에서 교복 입은 여자애랑 놀고 있었던 거 아니야? 여자애는 예전에 죽은 아이였고."

동이가 이야기를 유추해 나갔다. 의외로 예리한 구석이 있었다.

"또자를 놀리려고 했던 아이들의 예상도 바로 그거였어. 그 교실에서 죽은 아이가 있었던 건 맞아. 귀신을 보았다는 목격담도 심심찮게 들려왔고. 교실이 그대로 방치된 것도 실은 그 이유 때문이었어."

동이의 질문에 나는 항상 진지하게 대답해 주었다. 내 얘기를 귀담아 듣는 사람에 대한 최소한의 예의랄까.

"또자는 그때까지 계속 자고 있었던 거야?"

"사람들이 달려갔을 때 마침 또자는 유유히 복도를 걸어 나오고 있었어. 너무나 편한 모습으로 말이야. 당연하잖아. 몇 시간을 내리 푹 잤으니. 또자의 태연함에 놀란 건 오히려 사람들이었어. 친구들은 겁을 먹고 또자에게 물었어. 교실에서 누구를 만나지 않았는지."

"만났대?"

"아니, 전혀."

"그냥 괴담이었나 보네."

"노노."

나는 동이를 물끄러미 내려다보았다. 잠이 오는지 동이의 눈이 껌뻑껌뻑 느리게 움직였다.

"그때 또자가 손에 들고 있던 걸 내밀었어. 그건 또자네 학교의 교복 재킷이었지. 분명 아무 소리도 들리지 않고 아무도 만나지 못했는데 잠에서 깨 보니 또자의 어깨 위에 누군가가 덮어 주고 간 재킷이 있었던 거야. 잠결에 따뜻하다고 느꼈던 것도 그 옷 덕분이라고 또자가 말했어."

"누구 옷인데?"

"또자는 같은 반 친구가 몰래 왔다 간 줄 안 거야. 교복 재킷에 이름이 있었지만 아직 아이들 이름을 전부 외우지 못했을 때니까. 사실 또자는 기억력이 좀 떨어지거든."

"잠을 많이 자서 그런가?"

동이가 잠꼬대하듯이 웅얼거렸다.

"잠과 기억력의 상관관계는 잘 모르겠고. 아무튼, 놀란 선생님이 또자가 들고 있던 재킷을 낚아챈 다음에 이름을 봤어. 그러고는 사색이 되었지."

"혹시 죽은 아이의 옷?"

"빙고."

동이가 눈을 감은 채로 낄낄거렸다. 그러더니 거짓말처럼 몇 초 뒤에 새근거리며 잠이 들었다. 나는 목소리를 낮춰서 이야기를 계속했다.

"죽은 학생의 옷은 부모님에게 보내 드렸대. 부모님은 딸의 옷을 끌어안고 눈물을 흘렸지. 따돌림을 당하던 딸이 교실에서 스스로 목숨을 끊었는데, 아이가 발견되었을 때 교복 셔츠만 입고 있었고 재킷은 없었다는 거야. 자살이 너무나 분명했던 터라 사건은 그렇게 종결되었고. 교실이 폐쇄되면서 아이는 죽어서도 혼자였던 거라고, 오래도록 누군가를 기다리다가 교복을 전해 주고 편한 곳으로 갔을 거라고, 그 부모님이 또자에게 엄청 고마워했대.”

동이는 낮게 코까지 골았다. 만약 동이가 깨어 있었더라면 “또자는 어떻게 됐는데? 전학이라도 갔어?”라고 물었을 것 같다.

“그런 일을 겪었다고 겁을 낼 정도로 또자는 소심한 애가 아니야. 오히려 버려진 교실을 청소하고 수시로 드나들었더니 다른 아이들도 하나둘 또자를 따라 교실을 기웃거렸어. 차츰 또자를 대하는 아이들의 태도도 달라졌고. 어찌 된 일인지 또자는 아무데서나 자는 습관까지 싹 사라져서 이제 ‘안 자’라는 별명을 갖게 됐어. 책상에 엎드려서 아무리 편한 자세로 잠을 청해도 말똥말똥하대.”

나는 혼자 나지막이 얘기를 마무리 지었다.

실화라고 시작했지만 사실 대부분은 내가 꾸며 낸 이야기였다. ‘또자’가 실존 인물이기는 해도 딱 거기까지였다. 또자가 전학을 간 이후로 좀처럼 연락이 되지 않았다. 문득 방학이 끝나기 전에 또자의 소식을 한번 알아봐야겠다는 생각이 들었다.

아마 동이도 내 말을 모두 믿지는 않을 거였다. 이야기라는 게 원래 그런 거니까. 하지만 이야기를 하다 보면 나도 모르게 내가 지어낸 이야기를 믿을 때가 있다. 혹시 누군가가 자고 있는 또자를 진짜 내려다보고 있는 건 아닐까 하고.

일어나서 텐트 밖으로 나왔다. 캠핑장의 사람들은 여유로웠다. 해먹에서 낮잠을 자는 사람, 늦은 점심을 먹거나 식사 준비를 하는 사람. 가족 또는 지인과 모여 앉아 도란도란 얘기를 나누기도 했다. 텐트 주변을 아이들이 뛰어다녔다. 마음껏 뛰는 아이들을 향해 누구도 나무라지 않았다. 내가 살고 있는 세계인데 다른 곳에 와 있는 느낌이었다.

눈앞에 가족들이 올라간 산이 있었다. 아빠는 막내의 손을 잡고 사찰을 둘러보고 있을 것이다. 형수에게는 낯선 그곳을 형이 친절하게 안내해 줄 테고 엄마와 누나, 그리고 넷째와 쌍둥이는 계곡에 도착해 물놀이를 하고 있겠지. 어제 시작한 여행은 어느덧 끝을 향해 가, 이제 내일이면 돌아가야 한다. 시작과 끝이 너무 가까워 다른 선택을 하기에는 어려움이 있다. 이곳을 벗어나야 할지 말아야 할지 나는 번번이 고민에 빠졌다. 마음 한쪽에서는 여전히 혼자 떠나라는 신호가 왔다. 그런데 어디로 가야 할지, 가서 뭘 해야 할지는 정하지 못했다. 내가 시작한 이야기가 어느 방향으로 갈지 모르는 것처럼. 발길이 떨어지지 않는 이유가 혹시 그래서일까. 내가 정말 원하는 게 무엇인지 조금 애매해졌다. 무엇보다 동이와 함께 나른한 오후를 보내는 것이 생각보다 좋았다.

하지만 그런 편안함도 오래가지는 못했다. (우리 가족에게 조용한 시간이 길게 주어지는 건 불가능하다는 걸, 잠시 잊고 있었다.)

처음으로 여행에 긍정적인 마음을 품은 그때, 멀리서 가족들이 나타났다. 저녁 식사 시간이나 되어야 돌아올 줄 알았는데, 뭔가 일이 순탄치 않았다는 뜻이다. 가족들이 다가오며 주변이 시끌시끌해지자 동이는 잠결에 돌아누웠다. 나의 평온한 여행의 한때도 그렇게 깨졌다.

"비 때문에 계곡 물이 불어서 출입이 통제됐어."

넷째가 먼저 뛰어와서 이유를 알려 주었다. 결국 계곡 팀도 사찰 쪽으로 합류했으나 조용히 산사를 둘러보기에는 여러 애로사항이 있었다. 사찰에 도착한 지 몇 분도 되지 않아 엄마는 쌍둥이를 데리고 먼저 내려올 수밖에 없는 상황에 맞닥뜨렸다. 스님을 따라다니며 똑같이 흉내를 내는 쌍둥이를 잡아 놓고 엄마는 연신 죄송하다고 합장을 했다. 스님은 허허 웃으며 괜찮다고 했지만 엄마는 하산하기로 결정을 내렸다. 마침 아빠까지 다리를 삐끗하는 바람에 산책을 즐기는 건 포기할 수밖에 없었고, 아빠가 간다고 하니 막내도 따라나섰다. 계곡에서 물놀이를 하려던 넷째에게 사찰에서 보내는 시간이 그다지 재미있을 리 없으므로 넷째도 텐트 쪽으로 발길을 돌렸다. 누나는 형과 형수 사이에 절대 끼고 싶지 않아 역시나 선택의 여지가 없었던 것이다.

"멋지게 다이빙을 할 수 있었는데."

넷째가 아쉬워하며 텐트 안으로 들어갔다. '가는 날이 장날입니다.' 하고 형수의 목소리가 들리는 듯했다. 날도 더운데 괜히 땀만 빼고 왔다며 누나는 입이 잔뜩 나와 있었다.

"내가 방심했어. 물놀이라니, 가당치도 않아."

누나는 휴대용 선풍기를 얼굴에 들이댔다.

"많이 다치셨어요?"

동이가 부스스 일어나 텐트 밖으로 나오며 아빠에게 물었다. 동이는 의자에 주저앉은 아빠의 왼쪽 다리를 주물렀다.

"거기가 아니고."

아빠는 오른쪽 다리를 가리켰다.

"여기요?"

동이가 무심코 다친 다리를 들어 올리자 아빠가 신음을 뱉어 냈고 막내는 으앙 울음을 터뜨렸다.

"죄송해요."

동이는 조심히 아빠의 다리를 내려놓았다. 막내의 사진을 찍어 주기 위해 뒷걸음질 치다가 나무둥치에 아빠의 다리가 걸렸고, 넘어지지 않으려 균형을 잡다가 발을 헛디뎠다는 게 누나의 증언이었다. 그러다가 누나는 선풍기를 내리고 눈을 반짝였다.

"당장 병원에 가야 하는 거 아니에요?"

누나의 말을 시작으로 가족들은 아빠를 둘러싸고 의견을 내놓았다. 걷기 힘드니까 구조대 불러요! 우와, 구조대 와요? 아냐, 좀 쉬면 괜찮아. 다리가 부은 것 같아요. 우선 얼음찜질이라도. 그거 갖고 되겠어? 우리에게는 지니가 있으니까······. 우리끼리 잠시 토론을 벌였으나, 아빠는 병원에 갈 정도는 아니라고 결론을 내려 모두의 말을 일단락시켰다. 그 대신 동이가 마사지로 아빠의 다리를 풀어 주기로 했다.

텐트 안에 누워 아빠는 동이가 하는 대로 몸을 맡겼다. 동이는 두 손으로 아빠의 발목과 다리를 주무르고 눌렀다. 축구를 하며 배운 마사지 기술을 이렇게 써먹게 될 줄은 동이도 몰랐을 것이다.

"훨씬 나아졌다."

아빠는 발목을 돌려 보기도 하고 밖으로 나와 제자리 뛰기도 해 보면서 아무렇지 않다는 걸 증명해 보였는데, 지나치게 과장된 행동이 내 눈에는 오히려 아빠를 작아 보이게 만들었다. 아빠가 다니던 회사가 문을 닫았던 때처럼, 경비 일을 한 달 만에 그만두었던 날처럼.

아빠도 한때는 매일 아침 회사 로고가 찍힌 점퍼를 입고 일을 나갔다. 아빠는 구두를 만드는 회사에 다녔다. 누군가의 발을 편안하게 해 줄 구두를 손수 한 땀 한 땀 공들여 만들었다. 사람들이 아빠를 '구두 장인'이라는 말로 추켜세우면 아빠는 손을 내저으며 겸손한 태도를 보였지만 그런 말을 들을 때마다 아빠가 얼마나 자긍심을 느끼는지 알 수 있었다. (형이 아빠에게 "장인어른은 마트료시카를 만드는 '장인匠人'이세요."라고 했을 때 크게 반가워한 것도 같은 맥락일 것이다.) 회사가 작은 규모에서 출발해 점점 발전하는 동안에도 아빠는 구두 만드는 일은 물론 회사 안팎의 일들을 두루 살폈다. 아빠는 신발을 보면 그 사람을 알 수 있다고 했다. 발이 편해야 하루가 편하고 좋은 신발이 좋은 곳으로 가게 한다고 믿었기 때문에 아빠는 신발을 만들며 작은 일 하나라도 허투루 하지 않았다. 나중에는 직급도 올라갔고 아빠 밑에서 심부름을 하면서 일을 배우는 직원도 생겼다.

그러다 언제부터인가 회사 매출이 떨어지면서 공장은 변두리로 자리를 옮겼다. 구두 만드는 장인들이 하나둘씩 떠나간다는 얘기가 내 귀에까지 들렸다. 급기야 월급이 제날짜에 나오지 않는 형편이 되었다. 그래도 오랫동안 유지된 회사였고 아빠는 매일 출근을 하니 회사도 곧 안정을 찾을 줄 알았다. 어른들은 어른들의 일이 있는 것처럼 우리도 우리만의 관심거리가 있어 거기까지 깊이 신경 쓰지는 않았다.

아빠는 구두를 만드는 것 외에 다른 욕심은 없었다. 눈을 뜨면 출근할 회사가 있고 매달 같은 날에 월급이 들어오는 것에 만족해했다. 우리 가족은 부족하나마 학교에서 정해 준 시간표처럼 하루하루를 살아갔다. 욕심은 없어도 기본적인 성실함을 장착한 아빠였다. 형이 성인이 되었을 때 아빠는 직접 만든 신발을 선물했고, 나머지 형제에게도 사회에 발을 디딜 때 첫 신발은 꼭 아빠가 만들어 주겠다고 약속했었다. 하지만 아빠의 약속은 무색해졌다. 내가 태어나기 전부터 고등학교 입학 무렵까지도 별 탈이 없던 아빠의 회사가 덜컥 문을 닫게 된 것이다. 남아 있던 직원들마저 흩어졌고 회사 이름과 로고는 공중분해되었다.

학원은 어차피 다니지 않아 상관없다 해도 용돈이 대폭 삭감되었다. 형이 군대에 있을 때 벌어진 일이었다. 나는 다행히 모아 놓은 돈이 있어 조금씩 꺼내 썼다. 누나는 패스트푸드점에서 아르바이트를 하면서 용돈을 충당했고 넷째는 없는 대로 대충 살았다. 막 시작한 검도를 그만두게 되자 쌍둥이가 성화를 부렸다. 엄마가 겨우 쌍둥이를 타일렀고 아빠는 조용히 밖으로 나갔다. 한껏 처진 어깨를 하고서.

어떻게든 새 직장을 구할 줄 알았던 아빠는 집에 있는 기간이 길어졌다. 그나마 갈 수 있는 자리는 경력에 비해 턱없이 낮은 대우라 아빠는 의욕을 잃었고 신발을 만들 때 쓰던 공구들은 집 구석에 처박혀 먼지가 쌓여 갔다.

"이십 년 넘게 구두를 만든 게 다 쓸모없는 경력이네."

아빠는 허탈하게 말하며 거친 손으로 이력서에 사진을 붙였다. '쓸모 있는' 경력은 뭔지 궁금했다. 이십 년 이상을 근무했던 성실함이 쓸모없는 경력이라니. 한자리에서 같은 일을 오랫동안 하는 건 결국 다 소용없는 일일까. 이해하기가 힘들었다.

마침내 아빠가 구한 일은 건물 경비직이었다. 번화가에 위치한 제법 높은 건물이었고 집에서도 그리 멀지 않아 걸어 다닐 수 있었다. 아빠는 내리 이십사 시간을 일한 뒤에야 이십사 시간을 쉴 수 있었다. 첫 출근을 하기 전에 아빠는 신발 공구들을 깨끗이 닦아 상자에 넣었다. 그러고 나서도 몇 번이나 상자의 뚜껑을 열었다 닫았다 했다. 아빠의 경력은 무용지물이 되었지만 그래도 직장을 구해서 솔직히 나는 마음이 놓였다. (용돈을 원래대로 받을 수 있을 거라는 기대가 사실은 가장 컸다.)

엄마는 마트에 나가면서 종종 도시락을 주러 아빠의 일터에 들렀다.

"당신이 뭔데 나한테 이래라저래라 하냐고!"

아빠보다 한참 어린 (엄마 말에 따르면 우리 형보다도 어려 보이는) 차량 주인이 반말로 아빠를 몰아붙이는 걸 엄마가 목격했다. 고급 승용차 한 대가 주차 선 두 개에 걸쳐 있었고 차량 주인은 아빠와 실랑이를 벌이고 있었다.

"주차 선을 지키셔야죠. 보세요, 지금도 자리가 부족하잖아요."

엄마는 그날도 명상의 효과를 기대하며 호흡을 가다듬었을 것이다. 하지만 엄마가 이성을 잃은 건 한순간이었다. 차량 주인이 홧김에 아빠를 향해 휴대폰을 던졌다. 다행히 휴대폰은 아빠의 머리를 살짝 스쳐 지나가 바닥에 떨어져 무참히 박살이 났다. 엄마는 명상이고 뭐고 마음을 다스릴 틈도 없이 차량 주인의 차를, 그때껏 한 번도 그런 일을 당해 본 적이 없을 것 같은 깨끗하고 고급스러운 차를 발로 걷어찼다. 엄마는 대충 얘기를 전했지만 경찰이 오고 구경꾼이 모여들고 일대가 소란스러워졌다는 건 충분히 그릴 수 있었다. 차 주인이 건물 주인과 친구라는 건 (건물 주인이 우리 형과 비슷한 나이라는 사실이 정말 놀라웠다) 확실히 엄마와 아빠를 불리하게 만들었다.

그날 엄마는 한 손에는 아빠에게 주려던 도시락을 들고, 나머지 한 손으로는 아빠의 손을 잡고 집으로 돌아왔다. 아빠는 흡사 학교에서 사고를 치고 엄마에게 끌려온 아이의 모습이었다. 뒤돌아 앉은 아빠의 등이 점점 작아졌다. 퇴근하는 엄마에게서 포장마차로 나오라는 전화를 받지 않았더라면, 아마 아빠는 작아지다 못해 그 자리에서 소멸해 버렸을지도 모른다. 한곳에서 성실하게 일했던 아빠는, 아빠가 사는 세상 밖의 세상을 몰랐다. 변해 가는 세상은 아빠를 내버려 두고 빠르게 흘러갔다.

아빠는 여전히 다리가 불편해 보였다. 괜찮다고 했지만 걸음을 떼려고 하면 얼굴을 찡그리면서 낮게 신음을 흘렸다. 엄마가 아빠의 다리에 얼음을 감싼 찬 수건을 올려 주었다. 아빠가 엄마의 손을 툭툭 두드렸다. 엄마는 알아들었다는 듯이 눈을 지그시 감았다 떴다. 건물 경비 일을 그만두던 날, 포장마차로 아빠를 불러냈던 때처럼 엄마는 아빠의 마음을 읽었다.

"괜찮아요. 어차피 바다도 제대로 못 봤는데 물놀이나 산책쯤 못 한 게 뭐 어때서."

엄마가 아빠에게 위로의 말을 건넸고 그 얘기에 우리는 더 우울해지고 말았다.

8
오로지 맹준열

　형과 형수도 텐트로 돌아왔고 잠시 어수선했던 분위기도 가라앉았다. 지금이라도 일정을 변경하고 아빠를 응급실에 데리고 가야 한다고 누나가 주장했으나 (겉으로는 아빠를 걱정하는 척했지만 진짜 속내는 의심스럽기 짝이 없었다) 아빠가 강력하게 거부하는 바람에 누나의 요구는 묵살되었다. 다행히 아빠는 처음보다 상태가 좋아졌다.

　가족들은 비로소 각자의 시간을 보냈다. 엄마와 아빠는 텐트에서 쉬었고 동이는 쌍둥이와 막내를 데리고 공놀이를 했다. 하늘이는 목줄을 걸고서도 가만히 있지 않았다. 녀석도 어쩌면 마음 놓고 뛰어 본 적이 없었던 건 아닐까 싶었다. 아니면 쌍둥이처럼 아무리 뛰어도 부족하거나. 형과 형수는 저녁 준비에 들어갔다. 고기를 내놓고 채소도 씻었다. 형수가 최근 배운 한국 음식을 선보이겠다고 나섰다.

"기대도 안 해."

누나가 눈을 흘겼는데 형수는 누나의 반응 따위는 신경 쓰지 않았다. 혼자 움직일까 하다가 나는 동이에게 신호를 보냈다.

"왜?"

동이가 물었다. 동이의 팔에 매달린 쌍둥이를 억지로 떼어 놓고 동이를 끌고 텐트 뒤로 갔다.

"지금 간다고? 어디로?"

내 결심을 듣고 동이는 눈이 휘둥그레졌다. 나는 손가락을 입에 가져다 대며 조용히 하라고 일렀다. 지금이 마지막 기회일지 모른다. 어제 시작된 여행은 내일이면 끝이니까. '오로지 맹준열'이 될 기회. 자칫하다가는 평생 후회할 일을 남길 수 있었다. 결정을 못한 채 미루기만 하다가 끝내 '외 8인'에게 끌려다닌 여행으로 남길 수는 없었다. 동이에게 결심을 밝힌 건 아까 텐트에 함께 남아 준 친구에 대한 예의였다.

"난 지금도 재밌는데."

동이가 망설였다.

"싫으면 말고. 그 대신 불지만 마라."

동이를 억지로 끌고 갈 생각은 없었기 때문에 나는 혼자라도 실행하려고 마음을 먹었다.

"아니야. 같이 가."

동이는 끝까지 의리를 운운하며 나를 따라나섰다.

슬쩍 배낭을 챙겨서 텐트를 빠져나왔다. 낮잠에 빠진 엄마 아빠 옆에서 누나는 누군가와 휴대폰으로 메시지를 주고받았다. 아무도 우리에게 관심을 두지 않았다. 너무 수월해서 허탈할 지경이었다.

"어디로 갈 건데?"

동이가 배낭을 메고 따라왔다.

"일단은 터미널로 간 다음에……."

직감적으로 등 뒤가 서늘해지는 것을 느꼈다. 돌아보자 넷째가 씩 웃으며 서 있었다. 아까부터 사라져 보이지도 않던 녀석이 갑자기 따라붙다니, 불길함이 확 밀려왔다.

"걱정 마, 형. 내가 메모도 남겨 놨어. 누가 발견하기 전에 빨리 가자고."

넷째는 뜻밖의 말을 건네고 나와 동이를 앞질렀다. 넷째까지 끼는 게 영 꺼림칙하지만 비밀을 알아챈 넷째를 억지로 떼어 놓을 방법도 마땅치 않았다.

우리 셋은 나란히 걸었다. 버스 터미널은 캠핑장에서 꽤 멀었다. 한 시간 가까이 버스를 기다려 터미널까지 타고 가거나 걸어가는 방법 중 선택을 해야 했는데 우리는 후자를 골랐다. (혹시라도 잡힐지 몰라 최대한 빨리 캠핑장 근처를 벗어나야 했다.) 넷째는 걸는 와중에도 휴대폰 게임에 몰두해 있었다. 캐릭터 잡기에 빠져 걷는 길마다 악당이 나타났다며 정의감에 불타올랐다. 넷째의 걸음이 조금씩 뒤처졌다.

"엄마나 아빠한테서 연락은 왔어?"

"벌써 올 리가."

동이의 대답을 듣고 나서야 동이가 온 지 채 하루도 지나지 않았다는 걸 깨달았다. 동이의 부모님은 아직 퇴근도 하지 않았을 테니 동이가 어디에서 뭘 하는지 알 리가 없었다. 저녁 무렵에는 동이의 행방을 찾는 전화가 올지 궁금했다. 하나뿐인 아들이 사라진 줄도 모른다면, 상처 입은 동이는 진짜로 가출을 감행하거나 아예 우리 집에 눌러살 수도 있었다.

"황예슬이랑 유민이랑 사귄다며?"

동이가 넷째를 살피며 속닥거렸다. 유민은 전교에서 손가락 안에 꼽힐 정도로 공부를 잘하는 녀석이다. 1학년 중에 유민을 모르는 애는 없을 것이다. 키도 크고 얼굴도 그럭저럭 생겼는데 집도 꽤 잘산다고 소문이 나 있었다. 황예슬은 내 전 여자 친구다.

솔직히 말하면 황예슬과 내가 제대로 사귄 것은 아니었다. 사귄지 한 달도 안 되어 일방적인 이별 통보를 받았으니까. 먼저 사귀자고 할 때는 언제고 헤어지는 것도 마음대로였다. 황예슬은 밝은 성격에 귀염성 있는 외모로 반 아이들 사이에서 인기가 좋았다. 나도 관심은 있었는데 사귀고 싶을 정도는 아니었다.

"난 책 읽는 애가 좋더라. 맹준열, 나랑 사귈래?"

황예슬이 쉬는 시간에 뜬금없이 다가와서 내게 물었다.

"오!"

교실에 있던 아이들이 일제히 환호성을 질렀다. 마침 수업 시작 종이 울렸고 황예슬은 싱긋 웃고는 자리로 돌아가 앉았다. 내가 가타부타 말할 틈도 주지 않았다. 책을 그다지 좋아하는 건 아니라는 변명을 할 새도 없었다. 솔직히 변명하고 싶지는 않았다. 내 행동을 눈여겨보고 있었다는 사실이 설레었을 뿐. 그때부터 나는 황예슬과 공식 커플이 되었다. 황예슬은 수업이 끝나면 내게로 쪼르르 와서 같이 교문을 나섰고 가끔 학교 앞 편의점에서 라면이나 아이스크림을 함께 먹었다. 황예슬이랑 사귀고 싶다고 생각한 적은 없어도 막상 황예슬이 내 여친이 되자 괜히 우쭐해졌다. 동이를 비롯해서 나를 부러워하는 주변의 시선도 은근히 즐기게 되었다.

우리의 공개 연애는 잔잔한 물살에 배가 떠내려가듯 순탄하게 흘러가는 듯했다. 학교 밖에서도 직접 만나서 얘기하거나 전화 통화를 하는 시간이 많았더라면 우리 사이가 오래 지속되었을 수도 있었는데, 문제는 황예슬이 문자나 SNS를 선호한다는 사실이었다. 황예슬이 내게 보내는 문장들은 해독이 필요했다. 자음과 모음이 분리되는 건 다반사였고, 실수로 틀린 것인지 일부러 그런 것인지 모를 오타들도 수시로 눈에 띄었다. 보통 땐 그러려니 넘겼는데 그날은 정말이지 어쩔 수가 없었다.

황예슬이 영어 학원에 가는 날이면 나는 마중을 나가고는 했다. 바람도 쐴 겸 일부러 황예슬이 끝나는 시간에 맞춰 약속을 잡았다.

그날은 가족들이 저마다 사정이 생겨 날이 어두워지도록 집에 쌍둥이와 막내밖에 없었다. 하는 수 없이 황예슬에게 메시지를 보내 오늘의 데이트는 내일로 미루자고 했다. 우는 모습의 이모티콘이 날아왔을 때만 해도 나는 미안함과 사랑스러운 마음이 반반씩 들었다. 내일은 오늘보다 나은 남친이 되리라는 의지도 솟았다. 그런데 이어서 날아온 글자가 눈에 탁 걸렸다.

> 오늘 꼭 보고 싶었는데. 난 어떻해.

있어서는 안 되는 자리에 'ㅎ'이 있었다. 전에도 그런 적이 있어 이때만큼은 꼭 짚어 주고 싶었다. 나는 애정과 걱정을 담아 진심으로 황예슬의 잘못을 알려 주었다.

> '어떻게 해' 아니면 '어떡해'라고 써야 돼.
> ㅎ과 ㅎ은 만날 수가 없거든.

내가 보낸 메시지를 바로 확인했음에도 황예슬에게서는 답이 없었다. 이상한 느낌에 나는 평소에 잘 쓰지 않던 이모티콘도 보냈다. 여느 때처럼 귀여운 이모티콘이 날아올 거라 기대했지만 전혀 뜻밖의 답변이 돌아왔다.

> 아무래도 너랑 나는 ㅎ과 ㅎ인가 보다.

황예슬의 말뜻이 금방 와닿지 않아 나는 몇 번이나 메시지를 들여다봤다.

> 내일은 꼭 나갈게. ^^

다시 보냈지만 역시나 답은 없었다.

황예슬의 말이 이별 통보였다는 건 다음 날 학교에서 알았다. 황예슬은 나랑 눈도 맞추지 않았고 찬바람만 불었다.

"헤어졌다며?"

친구들이 와서 위로를 할 때에야 황예슬의 말뜻을 알 수 있었다. 우리가 'ㅎ'이라서 만날 수가 없다는 논리로 황예슬은 결별을 선언한 것이다. 그 뒤로는 줄곧 나를 본체만체하더니 얼마 전부터 유민이랑 사귄다는 소문이 돌았다.

"괜찮냐, 너?"

동이가 나를 떠봤다.

"어디엔가 나만의 히읗이 있겠지."

자세한 내막을 모르는 동이는 내 말을 이해하지 못했다.

해가 기울면서 더위는 한풀 꺾였다. 그림 같은 노을은 없지만 고즈넉한 길을 걷는 것은 기대 이상이었다. '외 8인'을 벗어난 것 (엄밀히 말하면 모두에게서 벗어난 건 아닐지라도) 자체만으로도 마음이 가벼웠다.

얼굴로 한두 방울씩 비가 떨어졌다. 아무래도 먹구름 하나가 내내 우리를 따라다니는 게 분명했다. (어렸을 때 나는 그런 만화를 본 적이 있다. 한 사람만 따라다니는 먹구름과 평생 비를 맞을 수밖에 없는 운명의 남자에 관한 얘기였다.) 빗줄기가 굵어지는가 싶더니 곧 앞이 보이지 않을 정도로 퍼부었다. 비를 피할 곳도 없었다. 보이는 거라고는 논과 밭, 숲이 전부였다.

"어, 저기!"

동이가 가리키는 곳에 건물 한 채가 있었다. 주변과 어울리지 않는 왠지 음산한 건물이었지만 그런 걸 따질 겨를이 없었기 때문에 우리는 우선 그리로 뛰었다. 건물은 찻길에서 조금 떨어진 곳에 자리하고 있었다.

가까이 다가가 보니 건물 근처에 공사 자재들이 쌓여 있었다. 철거를 하려는 것인지, 짓다가 만 것인지 확실하지 않았다. 외벽은 페인트가 벗겨져 있고 창문에는 유리조차 없었다.

"뭐냐? 이 건물?"

나는 멈칫거리는 동이를 끌고 안으로 들어갔다. 다행히 밖에서 보았던 것보다 내부는 깨끗했다. 긴 복도 양쪽으로 늘어선 방들은 거의 문이 열려 있거나 뜯겨 있어 안이 훤히 보였다.

"좀 으스스하다."

덩치에 안 어울리게 동이는 몸을 떨며 팔을 쓸어내렸다. 인근에 다른 건물이나 집이 없어 이곳이 더없이 황량해 보였다. 날이 어둑해지고 비까지 쏟아지면서 건물은 서늘한 느낌을 자아냈다.

"사실 이 건물은 병원이었어."

내 말에 넷째가 "진짜?" 하고 놀라자, "넌 아직도 네 형을 모르냐?" 동이가 쯧쯧거렸다.

"병원은 한때 사람들이 많이 드나들었지. 이 일대에 이런 대형 병원은 없었으니까."

엄청나게 쏟아지는 빗소리에 나지막한 내 목소리가 묻혔다.

"마을에 의문의 바이러스가 퍼지면서 감염된 사람들이 병원에 격리되었어. 백신이 없어서 환자들을 돌보던 의사도 간호사도 모두 하나둘씩 죽게 되고 환자들이 넘쳐 나던 병원은 점점……."

"닥쳐라."

동이가 나를 째려봤는데 깡패는커녕 겁에 질린 아이 같은 얼굴이었다.

"넌 아무래도 진로를 바꿔야겠다."

나는 동이에게 진심으로 충고했다.

"형, 큰일 났어!"

넷째가 다급하게 외쳐 가슴이 철렁 내려앉았다.

"보스가 나타났어."

넷째의 말에 동이는 "맹가네 형제들, 진짜!"라며 확 짜증을 냈다. 넷째는 매우 흥분해 있었지만 나는 평소에 넷째가 하는 증강현실 게임에는 별 흥미를 못 느꼈다. 동이는 구형 휴대폰으로 바꾼 뒤로 게임에는 시큰둥했는데 막상 보스가 나타났다고 하자 관심을 보였다.

넷째는 연쇄 살인범이라도 쫓는 형사 같았다. 웬만해서는 몸을 드러내지 않는, 악당 중의 악당이 건물에 숨어 있다며 사명감에 사로잡혔다. 같은 게임을 하는 사람들 중에서도 잡은 적이 거의 없어 잡기만 하면 모두에게 진짜 영웅이 될 기회. 넷째는 휴대폰을 돌려가며 위치를 맞추더니 보스가 있는 곳을 찾아 걸음을 옮겼다. 동이도 넷째를 따라갔다. 아마도 내 옆에서 헛소리를 듣느니 그 편이 나을 거라고 판단한 모양이었다.

나도 넷째와 동이를 따라 계단을 올라갔다. 창문으로 어슴푸레한 빛이 스며들었다. 건물의 실체가 정말 의심스러웠다. 무언가가 불쑥 튀어나와 달려들 것 같았다. 좀비, 아니면 게임 안에서나 존재하는 낯선 생명체. 온갖 상상이 머릿속을 채워 나갔다.

꼭대기인 5층 복도에 이르러 넷째는 놈과 마주쳤는지 바지에 손을 문질러 닦았다.

"찾았냐?"

나는 넷째의 휴대폰을 들여다보았다. 텅 빈 복도와 달리 넷째의 휴대폰 안에서는 흉물스럽고 기이하게 생긴 생물체가 둥둥 떠 있었다. 어서 날 잡아 보시지, 하는 것처럼.

거듭된 시도에도 보스는 넷째의 손을 번번이 벗어났다.

"내가 해 볼게."

동이의 도전도 허사였다. 때마침 넷째의 휴대폰에서 배터리가 얼마 없다는 신호가 왔다.

"하필!"

넷째는 거의 울부짖었다. 놈은 잡힐 듯하다가 용케 빠져나가기를 반복했다.

"진짜 눈앞에 있다면 한 방이면 되는데."

동이가 주먹을 휘둘렀다.

소나기였는지 비는 그쳤지만 보스를 잡기 전까지 넷째는 절대 밖으로 나가지 않을 것이다. 밖은 점점 저물었고 넷째의 휴대폰 배터리도 아슬아슬했다.

"아, 안 돼!"

넷째의 휴대폰 화면이 급격하게 어두워지면서 드디어 보스도 넷째의 그물망에 포획되었다. 그물을 뚫지 못한 채 보스는 자리에 주저앉았다. 'YOU WIN!' 보이지 않을 정도로 흐릿한 글자가 나타나는가 싶더니 이내 휴대폰의 전원이 꺼져 버렸다. 실로 극적인 포획의 순간이었다. 넷째는 흥분을 감추지 못하며 동이를 얼싸안았다.

"야, 이제 가자."

내가 재촉하자 그제야 넷째는 "언제 이렇게 깜깜해졌어!"라며 서둘러 계단을 뛰어 내려갔다. 넷째의 뒤를 쫓아 계단으로 내려가려 할 때에 뒤에서 동이가 나를 잡았다. 엘리베이터의 문이 열리면서 밝은 빛이 나왔다. 건물에 전기가 안 들어오는 줄 알았는데 엘리베이터가 작동하고 있었다. 5층이니까 엘리베이터를 타면 넷째보다 빨리 내려갈 수 있다. 나는 서둘러 엘리베이터에 올라 닫힘 버튼을 눌렀다. 엘리베이터 안에서 나와 동이는 킬킬거렸다. 먼저 내려가 1층에서 넷째를 골려 줄 속셈이었다. 우리의 뜻대로 엘리베이터는 어느새 1층으로 내려왔다. 이제 땡 소리와 함께 문이 열려야 하는데…… 소리만 날 뿐 엘리베이터 문은 꿈쩍도 하지 않았다.

"뭐야?"

동이가 다시 숫자 5를 누르려 해서 내가 말렸다.

"위로 올라가면 더 위험할 수도 있잖아."

불길한 마음을 다잡으며 나는 계속 열림 버튼을 눌렀다.

"형들, 어디 있어? 나 내려왔단 말이야."

넷째가 소리쳤다.

"엘리베이터 안이야! 근데…… 문이 안 열려."

"뭐라고?"

넷째의 목소리가 까마득하게 들렸다.

비상 호출 버튼은 작동하지 않았다. 동이가 엘리베이터 문을 억지로 열어 보려다가 급기야 몸을 부딪치며 힘을 가하자 엘리베이터가 덜컹거렸다.

"야, 그러지 말라니까. 진정해."

나는 겨우 동이를 잡아 두었다.

"형, 괜찮아?"

넷째가 엘리베이터의 문을 탕탕 두드렸다.

"야, 전화 되냐?"

내가 물었고 넷째는 전화를 확인하는지 잠시 잠잠했다.

"전원이 안 켜져."

혹시나 했는데 역시나. 넷째의 휴대폰은 마지막 악당을 손에 넣고 장렬히 전사했다. 동이의 구형 휴대폰은 수신이 좋지 않아 손을 뻗어 가며 방향을 잡아 봐도 좀처럼 전화가 연결되지 않았다.

"갖다 버려라."

내 구박에 동이는 "그래서 넌 아예 챙기지도 않았냐?" 하고 맞받아쳤다. 할 말이 없었다. 배낭에 휴대폰이 있는 줄 알았는데 아니었다. 휴대폰 때문에 텐트로 돌아갔다가는 가족들에게 발각이 될 수도 있었다. 황예슬에게 전화나 메시지가 오는 건 아닐까 잠깐 생각을 했으나 새 남친이 생겼다는 사실을 떠올리고는 미련 없이 돌아섰는데 그게 엄청 후회스러웠다. 믿을 건 오직 넷째뿐이었다.

"넷째야, 가서 사람 좀 불러와."

"사람이 어디 있는데?"

"나가서 찾아보라고. 지나가는 차라도 있을 거 아냐."

"찾아서 뭐라고 해?"

한숨이 나왔다. 위기 대처 능력이라고는 제로인 녀석. 얼른 사람을 찾아서 사태를 설명하고 도움을 청하라고 일렀다.

"형, 근데 숨은 쉴 수 있어? 산소 부족하지 않아?"

걱정스레 묻는 넷째의 말에 동이와 나는 웃음을 터뜨렸다.

"얀마, 빨리 안 가냐!"

동이가 다그치는 바람에 나는 겨우 말을 삼켰다. 급하게 뛰어가는 넷째의 발소리도 사라지고 어느덧 조용해졌다.

"여기 진짜 이상하네."

동이가 혼잣말을 했다. 이 건물의 정체는 뭘까. 내가 꾸며 냈던 이야기가 혹시 실제 있었던 일은 아닐까. 한기가 들었다.

"넷째가 함께 안 탄 게 어디냐."

동이는 불행 중 다행이라면서도 휴대폰의 수신을 찾아 움직였다. 넷째의 발소리가 이내 돌아왔다. 금방 온 걸 보니 운 좋게 건물 관리인이라도 만날 걸까 기대했지만.

"형!"

"그래! 누가 있어?"

"그게 아니고."

넷째가 잠시 숨을 골랐다.

"혹시 모르니까 숨은 조금씩만 쉬고 있어. 공기가 부족할지도 모르잖아!"

맥이 탁 빠졌다.

"시끄러워, 인마! 빨리 사람이나 찾아 와."

"알았어. 형, 근데."

"또 뭐?"

"나…… 좀 무서운 것 같아!"

넷째가 큰 소리로 외쳤는데도 내 귀에는 울먹이는 걸로 들렸다. 갑자기 가슴이 먹먹해졌다. 밖은 이제 어두웠다. 넷째는 어렸을 때부터 겁이 많았다. 혼자 집에 있는 경우는 별로 없었지만 혼자 남겨지는 걸 무지 싫어하기도 했다. 나랑은 달랐다. 넷째는 지금 어둠 속에 혼자 있는 것도 무서울 테고 내가 갇혀 있다는 사실도 무서울 것이다. 이렇게 막중한 임무가 주어진 것도 처음일지 모른다.

"준기야."

나는 오랜만에 넷째의 이름을 불렀다.

"어, 형."

넷째의 목소리가 조금 떨렸다. 설마 진짜 울기라도 하는 걸까.

"자식아, 당장 갔다 와. 나 화장실 가고 싶단 말이야."

내가 목소리를 깔고 말했다.

"아, 알았어. 얼른 가서 구조를 요청할게. 내 걱정은 하지 마."

정신을 차렸는지 넷째의 말투가 또랑또랑해졌다. 그러고는 곧 뛰어나가는 소리가 들렸다. 동이가 피식 웃고는 바닥에 자리를 잡

고 앉았다. 지금은 넷째가 빨리 돌아오기를 기다리는 수밖에 별 도
리가 없었다.

9
사막, 오로라, 그리고 엘리베이터

여행을 떠나온 지 이틀째. 1박 2일의 시간 동안 한순간도 잠잠한 적이 없었다. 겨우 하룻밤이 지났다는 사실이 믿기지 않았다. 며칠은 된 기분이었다. '외 8인'을 벗어나면 새로운 세계가 기다리고 있을 줄 알았는데 고작 엘리베이터에 갇히다니. 게다가 이제 넷째에게 운명을 걸어야 하는 신세가 되었다. 어느 길이 최선인지 확신할 수 없었다. 남아 있는 것과 떠나는 것.

겁쟁이들은 언제나 불안하지.

나는 가만히 읊조렸다. 어떻게든 마음을 달래고 싶던 차에 문득

『데미안』의 한 구절이 생각났다.

"책에 나온 말이냐?"

동이가 물어 나는 고개를 끄덕였다. 동이는 『데미안』의 앞부분만 조금 읽다가 말았다. 내가 매일 들고 있어 꽤 재미있는 책인 줄 알았건만 막상 읽어 보니 영 자기 취향이 아니라는 것이다. 그래도 처음 몇 페이지는 인내심을 가지고 읽었다. 싱클레어가 아이들에게 괴롭힘을 당하는 장면에서는 어느 정도 몰입을 하더니 얼마 못 가 도대체 데미안은 누구냐고 따지고 들었다. 주인공 싱클레어의 친구라고 하자 주인공은 싱클레어인데 왜 책 제목은 『데미안』이냐며 영 마뜩잖아했다. 결국 동이는 데미안이 등장하기도 전에 책을 던져 버리고 그 후로 다시는 『데미안』을 읽지 않았다.

넷째가 돌아오길 기다리는 시간이 길게만 느껴졌다. 무슨 말이든 해야 시간도 빨리 가고 불안도 줄어들 것 같았다. 나는 겁쟁이였으니까.

"근데 넌 왜 맨날 똑같은 책만 읽냐?"

동이도 나와 비슷한 마음인가 보다. 잠시의 침묵도 용납하지 못하고 이야기를 이어 나가려고 하는 걸 보면. 그러면서도 정작 동이의 신경은 다른 데 가 있었다. 동이가 휴대폰으로 시간을 확인했다. 겉으로는 태연한 척하면서도 동이는 엄마 아빠의 연락을 기다리고 있었다. 혹시나 전화를 받지 못할까 봐 초조한 기색이었다. 아니면 전화가 오지 않을까 봐 불안하거나. 동이도 나처럼 겁쟁이였다.

동이는 손이 귀한 집안에 태어난 삼대독자다. (나와는 태생부터 달랐다.) 부모님은 동이 일이라면 뭐든 신경을 썼는데 동이 말에 의하면 늘 핵심을 잘못 짚는다는 것이다. 신경을 써야 할 건 쓰지 않고 쓰지 않아도 될 것들만 쓴다는 말이었다. 그러다 보니 아들에게는 관심이 있어도 '강동이'라는 인간에게는 관심이 없다고 했다.

"대부분 그런 거 아냐? 내가 중요하게 여기는 거랑 상대방이 원하는 건 다르니까."

나는 조금 어른스러운 태도를 보였다. 싱클레어를 타이르는 데미안이 된 기분으로.

동이에 대한 동이 부모님의 관심은 좋게 말하면 의무감이 강한 애정이었고 나쁘게 말하면 관심을 가장한 무관심이었다. 물론 동이는 후자라고 강력하게 주장했다. 처음에는 동이의 말을 대수롭지 않게 넘겼다. 내 관점으로 동이의 고민은 가진 자의 여유에 불과했다. 최신형 스마트폰을 마다하고 구형 휴대폰을 고집하는 것도 (동이의 의도는 스마트폰의 애플리케이션을 이용한 부모님의 불필요한 간섭을 미리 배제하기 위함이었으나 그렇다 하더라도) 어린아이의 투정 같았다. 삼대독자는커녕 외아들, 아니 형제가 지금의 반만 되는 집에서 태어났어도 나는 좀 달랐을 거라고 (그게 좋은 쪽인지 나쁜 쪽인지는 확신할 수 없어도) 믿어 왔다. 부족할 것 없어 보이는 동이의 집안 환경은 나에게 완전히 다른 세계였다. 물론 동이의 집에 다녀온 뒤로 약간 의심이 든 건 사실이었다. 맛있는 음식인데 먹고 나서 소화가 안 되는 느낌. 이해는 갔지만 그래도 나는 여전히 동이를 부러워할 수밖에 없었다. 두 번째로 동이의 부모님을 만나기 전까지는.

"나 가출했어."

우리 집에서 내 옆에 누워 자던 날, 동이는 밤새 뒤척였다. 휴대폰을 몇 분 간격으로 들여다보았다.

"그냥 집에 들어가지 그러냐."

내 말에 동이는 아예 휴대폰의 전원을 껐다. 억지로 감은 동이의 눈꺼풀이 파르르 떨렸다. 아마도 벨이 울리면 전화를 받게 될까 봐 그러는 거라고 짐작이 갔다.

다음 날 아침에 우리 집을 나서는 얼굴이 영 안돼 보여 내가 따라나섰다.

"엄마 아빠가 날 가만두지 않을 거야."

집 앞에서 동이는 숨을 가다듬었다. 부모님을 마주할 준비가 필요했다. 작심하고 가출을 할 때는 언제고 하룻밤 새에 후회의 빛이 두드러졌다. 동이 말로는 동이 부모님은 화가 나면 무섭게 돌변하는 스타일이었다. 부부 싸움을 하다가 거의 이혼 직전까지 가는 경우도 있는데 그나마 이혼을 막는 건 '부부치과'일 거라고 했다. 동이가 엄마 아빠의 출근 시간에 맞춰 집에 돌아가려는 것도 그래서였다. 어쨌든 진료 시간은 칼같이 지키는 분들이니 혼이 나더라도 최대한 짧게 끝날 거라는 게 동이의 예상이었다. 아무튼 동이의 소심한 가출이 엄마 아빠의 걱정 섞인 잔소리와 함께 크게 혼이 나며 훈훈하게 끝났으면 좋았을 텐데 현실은 전혀 그렇지 않았다.

가출은 되돌릴 수 없는 일이라 동이는 마음을 추슬렀다. 부모님에 맞서 강하게 나가겠다고 심기일전하더니 나까지 끌어들였다. 일종의 증인을 세우는 셈이었다. 가출은 했으나 친구 집에서 잤을 뿐이다, 또 집을 나갈 수도 있으니 앞으로는 내 말에 관심을 가져 달라, 그렇지 않으면 다음은 친구 집이 아닌 다른 어딘가로 숨을 수도 있다, 뭐 이 정도의 의지를 보여 줄 계획을 갖고 있었다.

굳게 결심하고 집 안으로 들어갔다. 괜한 불똥이 튈까 긴장이 되었다. 눈길만으로도 상대방을 주눅 들게 만드는 사람들인데 화까지 내면 기도 못 펼 것 같았다. 동이는 옆에 서 있기만 하면 된다고 여러 차례 말했지만 동이의 집에 발을 들여놓자마자 후회가 밀려왔다.

동이의 아빠와 거실에서 딱 마주쳤다. 동이 아빠는 출근 준비를 끝낸 차림으로 한 손에 컵을 들고 있었다. 아들의 등장에 놀란 기색이었다. 컵이 날아오는 건 아닐까 몸이 움츠러들었다. 역시나 남의 집안일에는 끼어드는 게 아니었다. 잠시 침묵이 이어지는가 싶더니 동이 아빠가 입을 열었다.

"아침부터 어딜 갔다 오는 거냐?"

그러고는 곧바로 주방으로 들어갔다.

"네?"

동이가 분위기 파악을 하기도 전에 방에서 엄마가 나왔다.

"학교 가는 차림이 왜 그래?"

동이의 엄마는 한술 더 떴다.

"오늘 토요일인데……."

동이가 뒷말을 흐렸고 동이 엄마는 "근데 넌 누구니?"라며 내게 물었다. 전에 동이의 절친이라고 인사를 한 나를 전혀 기억하지 못했다. 동이는 미동 없이 제자리에 서 있었다. 신발도 벗지 않고 한참을 그렇게.

"그만 갈게."

나는 동이의 어깨를 두드렸다. 빨리 자리를 피하고 싶었다. 동이가 맨 처음 우리 집에 왔던 날, 가족들이 하나둘 앞에 나타날 때 내가 느꼈던 감정과 그 순간 동이가 느끼는 감정은 어딘가 닮아 있었다. 허탈함인지 비웃음인지 모를 웃음이 동이의 얼굴에 스치는 걸 보고 나는 동이의 집을 나왔다. 동이의 첫 번째 가출은 결국 부모님 모르게 끝나고 말았다.

동이는 엘리베이터 문을 멀거니 바라보았다. 동이와 나누는 얘기들이 자꾸 끊어졌다. 시간이 꽤 지났는데 넷째는 돌아오지 않았다. 사람을 만나지 못한 건가. 혹시 넷째에게 무슨 일이 생긴 건 아닐까. 불안함을 누르려면 이야기가 필요했다. 무슨 이야기든지.

"너 혹시 죽은 사람 본 적 있냐?"

"아니."

"난 두 번이나 있어. 이건 그중 하나의 얘긴데."

"왜 하필 죽는 얘기야. 불길하게."

동이는 분명 겁에 질려 있었다. 평소 내가 즐겨 하는 이야기가 대부분 공포나 괴담에 가까운 것이었는데 그때마다 동이는 흥미롭게 잘 들었다. 하지만 지금은 상황이 상황인지라 으스스한 이야기를 꺼내고 싶지 않은 건 나도 마찬가지였다. 나는 죽음을 모티프로 한 것이지 공포물은 아니라고 동이를 안심시켰다. 내 이야기가 끝나기 전까지 넷째가 돌아와 주기만을 바랐다.

"죽음 자체가 공포인데, 뭘."

동이의 말은 못 들은 척하고 나는 이야기를 시작했다.

"엄마가 넷째를 낳고 산후조리를 하던 시기에 내가 친척 집에 맡겨진 적이 있었거든. 어려서부터 이모라고 불러서 가까운 친척인 줄 알았는데 커서 보니 호칭만 이모지 촌수가 꽤 멀더라고. 아무튼 이모네 부부는 늘 정신없이 바쁜 와중에도 나를 잘 돌봐 주었어. 특히 고등학생이었던 이모의 딸이 종종 놀아 주면서 무서운 이야기를 들려주었던 게 기억나."

"네가 지금처럼 지껄이기를 좋아하게 된 건 그 누나의 영향인 거냐?"

나는 살짝 어깨를 들었다 내렸다. 플러스 요인은 될 것 같았다.

"중요한 인물은 이모나 누나가 아니라 바로 옆집의 할머니였어. 혼자 사는 할머니였는데 나를 꽤 예뻐했지. 누구든 나를 안 예뻐할 수는 없을 테니까."

"병인 줄은 알았다만 생각보다 중증이구나."

슬며시 웃는 동이를 보니 불안하던 마음이 조금 가셨다. 이야기 라는 건 때때로 쓸모가 있었다.

"할머니는 적적했는지 수시로 나를 불러내서 동네 이곳저곳을 함께 돌아다녔어. 할머니가 좋아했던 장소는 인근에 있는 고물상 이었어. 산처럼 쌓여 있는 고물을 헤집다 보면 더러 쓸 만한 물건 들이 나왔지. 할머니는 그걸 주워 집에 가져갔고 가끔은 나를 위한 장난감도 찾아 주었어. 자석이 떨어져 나간 필통, 어느 한 부분이 박살 난 자동차 같은 것들. 그중 가장 기억에 남는 건 태엽이 망가 진 보석함이었어."

나는 작은 보석함을 머릿속에 그려 보았다. 두 손으로 받쳐 들어 야 했던 네모난 유리 상자. 꽃잎이었는지 나뭇잎이었는지는 기억 나지 않지만 뚜껑에 이파리가 새겨진 상자가 어린 마음에 정말 보 물을 발견한 기분이 들었었다.

"태엽을 감고 상자를 열면 음악이 나오는 건데 망가져서 그런지 아무리 태엽을 감아도 소리가 나지 않는 거야. 그래도 겉은 멀쩡했 으니 할머니는 그걸 내게 주었지. 사내 녀석에게 쓸모나 있으려나, 하면서도."

"근데 너 기억력이 안 좋잖아? 게다가 넷째가 태어날 때면 고작 세 살?"

동이가 좀 무시하는 투로 말해서 나는 나이는 어렸어도 그 일만은 생생하게 기억이 난다고 재차 강조했다.

"보석함은 나중에 집에 갈 때 가져가려고 가방에 잘 넣어 두었어. 그즈음 내 가방 안에는 할머니랑 모은 잡동사니로 짐이 엄청 늘어 있었거든. 나중에 엄마가 보고 혀를 내두를 정도였으니까. 그런데 어느 무렵부터 나는 전처럼 할머니를 자주 만나지 못했어. 원래는 할머니가 먼저 나를 데리러 오곤 했는데 그러지도 않았고 나는 나대로 다른 놀이를 찾았어. 생각해 봐. 세 살 아이에게는 세상에 놀 것들이 널리고 널렸다고. 굳이 할머니를 따라다니지 않아도 될 정도로. 할머니는 금방 잊어버렸지."

동이는 휴대폰을 내려놓고 묵묵히 내 이야기에 귀를 기울였다. 더는 어떤 질문을 하거나 따지지도 않았다.

그렇게 얼마간의 시간이 지난 뒤에 나는 곧 우리 집으로 갈 거라는 얘기를 들었어. 엄마가 나를 엄청 보고 싶어 했거든. 아마 그대로 집에 왔다면 그때 겪은 일들은 까마득히 잊고 말았을 거야. 할머니까지. 아주 오래전, 그러니까 세 살 때의 일을 기억하는 사람은 거의 없잖아.

집에 돌아간다는 사실과 동생을 만날 생각에 나는 무척 설레었어. 지금의 넷째 같은 녀석이 태어날 줄은 상상도 못 했으니까. 보통 때면 벌써 잠이 들었어야 할 시간까지도 깨어 있었어. 그러다가 문득 할머니 생각이 났어. 한동안 만나지 못했다는 걸 떠올린 거지. 나는 할머니한테 데려다 달라고 이모를 졸랐어. 이모는 하룻밤만 자고 아침에 가자고 나를 타일렀고.

"그러고 보니 요즘 할머니가 안 보이네. 어딜 간다는 얘기도 못 들었는데."

그러면서 이모도 약간 의아해하는 거야. 다음 날 일찍 나는 이모의 손을 잡고 할머니의 집으로 갔어. 할머니는 어떤 집의 아주 작은 방에서 살고 있었거든. 한 지붕 아래에 여러 사람이 살았어. 서로 모르는 사람들이 각자의 방에서 말이지.

이모가 할머니의 방문을 세게 두드려도 안에서는 아무 소리도 들리지 않았어. 이상하다, 이상해……. 이모는 혼잣말을 하며 문을 두드리다가 뭔가 불길한 생각이 들었는지 각 방에 있는 사람들을 찾아다니며 할머니 소식을 물었어. 누군가는 할머니를 본 지가 며칠 되었다고 했고 누군가는 바로 어제 저녁에 목소리를 들었다고 했어.

"어디 가셨나 보죠."

심드렁하게 대꾸하는 사람도 있었지만 할머니에게는 가족도 없고 갈 곳도 없다면서 이모는 계속 미심쩍어 하는 거야. 근래 들어 인사를 해도 할머니가 전처럼 살갑게 받아 주지 않았던 점이나 나를 보러 오지 않은 점까지 조목조목 따지고 들었어. 그러면서 나를 내려다보았지. 나는 굉장한 단서라도 쥐고 있는 중요한 인물이 된 느낌을 받았어.

급기야 이모는 주인아주머니와 함께 할머니의 방문을 열기로 했어. 집 안에 있던 사람들도 여럿이 나와서 할머니의 방 앞에 모여들었지. 주인아주머니가 문을 따는 동안 나는 할머니가 안에 있을 거라는 확신이 들었어. 몰라. 그냥 느낌이 그랬으니까.

내 직감은 정확이 맞았어. 정말 방 한가운데에 할머니가 있었거든. 두 눈으로 똑똑히 보았어. 몸을 잔뜩 웅크리고 엎드려 있는 할머니를. 문이 열리고 사람들로 소란스러운데도 꿈쩍도 하지 않는 할머니를. 주인아주머니가 뒤로 물러났고 몇몇 사람들이 안으로 들어가서 할머니를 흔들었어.

"할머니! 할머니!"

할머니는 대답은커녕 손끝 하나 움직이지 않았어.

할머니가 세상을 떠난 뒤였다는 걸 나는 한참 뒤에나 알았어. 그럴 수밖에 없는 게, 세 살짜리가 죽음이 뭔지나 알겠어? 신고를 받고 찾아왔던 형사가 이모에게 뭔가를 물을 때 나는 이모의 등에 업혀 있었어. 이건 정말 정확히 기억해. 이모의 등 너머로 할머니가 없는 할머니의 방을 바라보았던 기억. 이모의 등에 얼굴을 부비며 나는 문득 깨달았어. 할머니는 죽었구나,라고.

너무 어릴 때라 할머니가 왜, 어떻게 죽었는지는 잘 몰라. 나중에 어른들이 하는 얘기를 들었는데 내가 이모와 함께 할머니를 만나러 가기 바로 전날 할머니가 세상을 떠났다는 거야. 사람들은 내 덕분에 할머니를 빨리 발견할 수 있었다고 했어. 어떻게 할머니를 찾아갈 생각을 했느냐고, 어린아이가 대견스럽다고, 세 살밖에 안 된 나에게 칭찬을 아끼지 않았지. 가족이 없던 할머니가 나를 손주 대하듯 했다는 말들도 쏟아지고 내가 할머니 생전에 마지막으로 따뜻하게 보낼 수 있게 큰일을 했다면서 나를 기특하게 여겼어. 할머니와 내가 텔레파시로 연결됐다는 둥, 내게 특별한 능력이 있다는 둥 자기들끼리 흥분해서 얘기를 했어.

그런 말들과 달리 내가 가장 서운했던 건 하루만 빨리 할머니를 찾아갔더라면 작별 인사를 했을 텐데 하는 거였어. 물론 그때 난 세 살이었으니까 할머니가 세상을 떠났다는 자체에는 아무 느낌도 들지 않았어. 세 살짜리가 죽음을 받아들이는 건 겨우 그런 거 아니겠어?

집으로 돌아와 엄마 아빠를 만나고 나서 할머니 일은 잊고 말았어. 새로 생긴 동생도 그때까지는 엄청 예뻤지. 정말이지 커서 저런 녀석이 될 줄은…….

할머니를 다시 생각나게 한 건 할머니와 주웠던 잡동사니들이었어. 엄마는 별의별 걸 다 집어 왔다면서 대부분의 것들을 재활용 더미에 버릴 작정으로 봉투에 담았어. 하나씩 물건들을 꺼내 살펴보다가 즉시 봉투에 던져 버렸지. 어차피 집에는 내 장난감들이 따로 있었으니까.

"이건 정말 멀쩡하네."

엄마의 말에 퍼뜩 정신이 들었어. 엄마는 보석 상자를 요리조리 살펴보던 중이었어. 나는 엄마가 들고 있던 상자를 받아서 아주 조심스럽게 열어 보았지. 왜 그랬는지는 나도 모르겠다니까. 근데 진짜 놀라운 건 내가 뚜껑을 열자 별안간 상자에서 음악이 흘러나왔다는 거야. 정말이야. 아주 맑은 음악이 울리다가 뚜껑을 닫으면 소리가 멈추고 다시 열면 소리가 나고. 나는 너무나 신기해서 엄마가 쓰레기를 버리러 간 다음에도 줄곧 앉아서 뚜껑을 열었다가 닫았다가, 또 열었다가 닫았다가 하기를 반복했어.

가진 것도 없고 가족도 없던 할머니는 그렇게 내게 상자 하나를 남기고 갔어. 상자의 빈 공간은 음악이 채워 주었지. 아주 오랫동안 할머니는 그렇게 내게 남았더라는…….

"그래서, 보석 상자는 어떻게 됐는데? 아직도 가지고 있을 리는 없고."

역시 동이는 나를 잘 알았다.

"어느 날 갑자기 사라졌어. 감쪽같이."

"동생들이 망가뜨린 건 아니고?"

"글쎄."

내가 조금 두루뭉술하게 대답한 이유는, 이 이야기 역시 백 퍼센트 진실은 아니기 때문이다. 그동안 내 이야기들을 들어 왔던 동이도 어느 정도 알아채고 있을 터였다. 김이 빠진다는 듯이 픽 웃은 걸 보면.

"죽은 사람을 본 건 진짜냐?"

"그건 사실이야. 맹세코."

우리는 가끔 사소한 일에 맹세를 했고 그걸 마치 대단한 의미인 양 여겼다. 동이는 금방 수긍하는 표정을 지었다. 그리고 이런 말을 덧붙였다.

"입으로만 풀지 말고 글로 써 보라니까."

평상시에도 가끔 그런 말을 했지만 어쩐지 지금은 사뭇 달랐다.

"나도 그럴 생각이야. 여기만 나가면."

진담처럼 말하면서 나는 벌써 쓸 이야기도 구상해 두었다고 했다.

"제목은 「엘리베이터」야."

동이는 킬킬거렸다. 우스워서 웃는 게 아니라 억지로 웃는 얼굴이라는 걸 알 수 있었다. 누가 봐도 지금은 웃을 상황이 아니었으니까. 내 얘기가 끝났는데도 넷째는 오지 않았다. 여기만 나가면, 이라는 말이 엄청나게 간절해졌다. 여기만 나가면 뭐든 할 수 있을 것 같았다. 해야 할 것만 같았다. 내가 갇힌 이 좁은 공간, 이 세계만 빠져나간다면.

"결말은 꼭 해피엔딩으로 해 줘라."

동이가 요구했고 나는 '열린 결말'로 할 작정이라고 했는데 동이는 "결말이 열리는 건 뭐냐?" 하고 궁금해했다. 나는 곰곰이 생각해 보았다. 결말이라는 것을. 누군가에게 가닿을 결말의 의미를.

"열려야 할 건 결말이 아니라 저 문이야."

동이가 엘리베이터 문을 가리켰다. 다시 정적이 흘렀다. 참을 수 없는 고요함이 좁은 공간을 메웠다. 어처구니없다고 생각했지만 정말 넷째의 말이 맞는 건지, ('숨은 조금씩만 쉬고 있어. 공기가 부족할지도 모르잖아!') 가슴이 조여 오는 기분이 들었다. 숨을 깊이 들이마시고 내쉬어도 답답함이 풀리지 않았다.

"앞으로 착하게 살아야지."

"깡패가 된다는 꿈은 포기하고?"

내 물음에 동이는 "착한 깡패가 될 거야."라며 손을 모았다. 그냥 던진 말이라고 하기에는 너무 진지해 보여서 나도 모르게 동이의 꿈을 응원할 뻔했다.

"여기서 나가면…… 나는 막 뛰어갈 거야. 숨이 차서 더는 못 뛸 때까지."

"어디로?"

"……"

어디로 갈지는 모른다. 애초에 어디로 갈지 정하지 않았다. 정할 수도 없었다. 아는 곳도 없고 가고 싶은 곳도 없었으니까.

"난 사막에 갈 거야."

"사막?"

의외로 동이가 먼저 가고 싶은 곳을 꺼냈다.

"모래뿐인 사막. 거기서 해가 지는 걸 보고 싶어."

일출노 아니고 왜 일몰이냐고 묻자 동이는 아침에 일찍 일어나는 게 가장 싫다고 했다. 사막에서 해가 지는 모습을 보는 것, 멋질 것 같았다. 황량한 사막 한가운데 서 있는 나를 상상해 보았다. 잠시 뒤, 나는 어느덧 다른 곳에 가 있었다.

"나는 오로라를 보러 갈래."

비록 영상과 사진으로 보았지만 황홀한 장면만은 기억에 남았다. 지구에서 볼 수 있는 가장 아름답고 신비한 자연의 모습.

한동안 우리는 게임을 하듯 돌아가면서 가고 싶은 곳을 이야기했다. 막상 시작하자 무심코 지나쳤던 장소들이 하나둘 떠올랐다. 무의식 밑바닥에 가라앉아 있던 공간들. 마치 한 번도 들여다본 적 없는 불을 보고 있는 느낌이었다. 거기에는 생각보다 많은 장소들이 응집되어 있었다. 히말라야 등반을 하고 별이 쏟아지는 초원에서 유목민들과 하룻밤을 묵고, 문명을 거부한 채 살아가는 부족과 춤을 추고. 갑자기 지금껏 내가 살아온 세계가 엘리베이터만큼밖에 안 되는 기분이었다. 문만 열면 갈 수 있는 곳은 얼마든지 있는데, 좁은 공간에 갇힌 채 살아가는 나란 존재란.

"일단."

동이가 심각한 얼굴로 입을 열었다.

"국토 대장정을 떠나는 거야. 너랑 내가."

"내가 왜 너랑 같이 가는데?"

"생사고락을 함께 했는데 그럼 나 혼자 가나?"

동이가 말했고 우리는 반사적으로 주먹을 맞댔다. 동이는 고민만 하다가 정작 실행에 옮기지 못하는 나와 달랐다. 그러고 보니 가족들을 벗어나게 된 것도 동이가 온 다음이었다. 인정하고 싶지

않지만 동이랑 있으면 없던 용기도 생겼다. 그런데 그게 잘하는 일
인지는 확신이 서지 않았다. 지금처럼 후회할 일을 만들 수도 있으
니까.

"그런데 나는 여길 나가면 우선 텐트로 돌아가야겠어."

동이는 굳게 닫힌 문을 보며 힘없이 말했다.

"텐트로 가서…… 고기를 먹을 거야. 배고파 죽을 지경이거든."

동이가 오만상을 쓰며 배를 감싸 쥐었다. 배가 고픈 건 나도 마
찬가지였다. 기껏 몰래 빠져나와서는 돌아갈 생각을 하고 있으니.
우리의 일탈은 이렇게 허무하고 초라하게 끝나는 거였다. 그런데
넷째는 뭐라고 메모를 남겨 두었을까. 돌아갈 명분은 있어야 할 텐
데 조금 걱정이 되었다.

나는 소리 내어 웃어 댔다. 지금의 처지가 어이가 없어 웃음이
났고 더는 할 얘기가 없어서 웃어야 했다. 동이도 웃었다. 나보다
격렬하고 적극적으로 여전히 배를 부여잡은 채로. 우리의 웃음소
리가 좁은 엘리베이터 안을 울렸다. 웃음은 엘리베이터의 문을 넘
어 복도를 따라 건물 전체를 깨울 것이다. 서늘한 기분이 덮쳐 왔
지만 웃음을 멈출 수 없었다. 웃음이 끝난 뒤 찾아올 정적은 한층
무서웠다.

"근데 왜 눈물이 나냐?"

동이가 눈가를 훔쳤다.

"바보 같은 자식. 겁쟁이 자식."

아무 말이나 뱉어 냈다.

"무서워서 억지로 웃고 있는 건 너잖아."

동이가 되받아쳤다.

"난 안 무서워. 겁쟁이가 아니거든."

"거짓말 티 나거든? 아까부터 너 엄청 떨고 있는 거 다 보인다."

웃음은 잦아들 듯하다가 서로의 얼굴을 보고 또 터졌다. 잔뜩 겁먹은 얼굴. 두려움을 감추려고 웃는 웃음. 우리는 지칠 때까지 웃었다. 너무 많이 웃은 걸까 동이처럼 나도 눈가에 물기가 맺혔다.

웃는 동안 여러 가지 일들이 스쳐 지나갔다. 넷째의 행방, 우리의 앞날, 그리고 이 여행의 결말. 불행이 반복되면 더 큰 불행이 찾아왔다. 그걸 미리 알았더라면 이런 상황도 만들지 않았을 텐데. 지금쯤 바비큐를 먹고 있을지도 모르는데. 하지만 다 지나간 일이었다. 가족 여행을 따라온 것도, '오로지 맹준열'이 되겠다고 나선 것도 내 선택이었으니까.

그나마 다행인 건 동이가 옆에 있다는 사실이었다. 혼자였더라면 나는 억지로 웃을 힘조차 없었을 것이다. 바보같이 웃고 있는 녀석이 내게는 마치 데미안 같은 존재였다.

10
최후의 지니

우리는 형의 뒤를 말없이 따라갔다. 형수는 가만히 내 어깨를 쥐었다 놓으며 나를 안심시켰다. 동이와 나는 주눅이 들어 있었고 넷째는 그야말로 기진맥진한 상태였다. 마음을 진정시키고 나자 걷는 것도 힘이 들었다. 체감 시간으로는 족히 하룻밤은 된 것 같은데 갇혀 있던 시간이 고작 한 시간 남짓이라니 놀라웠다.

"거참, 학생들이 거길 왜 들어가서는."

건물 관리자는 어처구니없는 표정이었다. 관리자는 구조대가 도착한 후에야 허겁지겁 달려왔다. 엘리베이터 밖으로 나오며 동이는 넷째를 와락 끌어안았다. 넷째도 동이의 등을 쓸어 주었다. 구조대에 연락을 하고 달려와 준 사람들은 인근 펜션으로 여행 온

동호회 회원들이었다.

"저 학생을 보고 119에 전화를 한 거였지, 엘리베이터에 학생들이 또 갇혀 있을 줄은……."

형과 형수가 도착했을 때 동호회 회원 중에서 나이가 좀 들어 보이는 아저씨가 넷째를 가리켰다.

넷째가 도움을 청하러 가서 좀처럼 돌아오지 않은 데에는 그럴 만한 사정이 있었다. 엘리베이터에 갇힌 형을 위해 두려움도 무릅쓰고 전력 질주를 하다가 넷째는 뒤늦게서야 본인의 실수를 깨달았다. 애당초 계획은 가족들의 텐트가 있는 방향으로 가며 사람을 찾는 거였다. 가까운 곳에 인가가 보이지 않아 그 방법이 빠를 거라 판단했는데 한참을 달린 뒤에야 반대 방향으로 (심지어 산으로 이어지는 길이었으니 아무리 뛰어도 사람을 만나지 못한 건 당연한 일이었다) 뛰고 있었음을 인지한 것이다. 사람도 없고 차 몇 대는 쌩하니 그냥 가 버렸다. 넷째는 건물이 있는 원래의 자리로 뛰어왔다. 잠시 건물에 들어가서 형들이 무사한지 확인하려다가 실수했다는 걸 알면 혼이 날 게 뻔하므로 형이 갇힌 건물을 지나쳐 갔다. 쉬지 않고 뛰어 숨이 찼지만 멈출 수가 없었다. 하지만 이번에도 넷째는 길을 잃었다. 사방은 어두웠고 음침하기까지 해서 거의 절망에 빠졌다. (이 부분을 얘기하면서 넷째는 그때의 기분이 떠올랐는지 살짝 울먹였다.) 그러던 중에 불이 켜진 집을 발견해 무작정 그리로 뛰었다. 가까워 보였던 불빛은 보기보다 멀었고 높은 곳에 있어 올라가는 속도도 더뎠다. 넷째는 숨이 넘어갈 것 같은데도 뛰는 걸 멈추지 않았다.

"저, 저기…… 사람…… 엘리……."

넷째를 발견한 사람들이 놀라 모여들었다.

"학생, 괜찮아? 무슨 일이야?"

동호회 회원들은 넷째가 누군가에게 쫓기고 있는 줄 알았다고 했다.

"학생이 상태가 안 좋아요."

"빨리 신고를!"

회원들은 구조대를 부르려고 전화를 걸었다.

"여기 학생이 쓰러졌어요."

"제가 아니고……"

넷째는 겨우 입을 열어 사정을 알렸다.

"빈 건물에 형이……."

숨을 몰아쉬며 넷째가 내뱉은 말이었다.

관리인의 등장으로 건물의 정체도 밝혀졌는데, 정말 병원으로 짓고 있었다는 말에 나는 소름이 돋았다. (스산하기 이를 데 없는 긴 복도가 생생하게 그려졌다.) 다만 공사가 중단되었다고 했다. 건물주이자 병원장이 되려던 분이 불의의 사고로 세상을 떠나면서 자식들 간에 재산 분쟁이 일어났고 건물은 공중에 붕 뜬 상태였다. 건물 관리인은 생전 고인과 친분이 있어 간혹 건물을 살펴

보러 들렀다. 오랜만에 와서 건물을 점검한 뒤에 깜빡하고 전원을
차단하지 않았는데 학생들이 와서 이 사달을 낼 줄 몰랐다며 연신
혀를 찼다. 건물에 숨어서 담배를 피우거나 술을 마셨던 다른 이들
일까지 덤터기 쓸 판이었다. 비를 피하려고 들어갔다가 (게임 얘
기는 꺼내지 않았다) 우연히 엘리베이터에 갇혔다는 말로는 충분
히 해명이 되지 않았다.

형과 형수는 나중에 도착했다.

"형한테도 전화했나?"

내가 인상을 쓰자 넷째가 두 손을 모아 빌었다. 형은 지니를 몰
고 왔는데도 얼굴에 땀을 흘리고 있었고 형수는 가뜩이나 하얀 얼
굴이 더 창백해져 있었다.

"너희는 대체 왜 여기까지 와 있는 거야? 전화는 왜 안 받고?"

형은 우리의 계획을 알지 못하는 눈치였다.

"형, 메모 못 봤어?"

넷째가 물었고, 형은 "무슨 메모?" 오히려 되물었다.

"그럼 있고 그런 거."

"쌍둥이랑 막내가 낙서한 건 봤는데. 감도 그려져 있고."

"아, 그거⋯⋯."

넷째의 입을 내가 얼른 막았다. 이렇게 된 마당에 우리의 계획
이 알려지는 게 도움이 될 리가 없었다. 다행히 형은 다른 쪽으로
시선을 돌렸지만 형수는 고개를 갸우뚱거렸다. 친구 따라 강남 간

다, 가재는 게 편 등 몇 가지 속담을 늘어놓고도 어딘가 부족하다 싶었는지 계속 골몰하다가 얼마 뒤에 "여우 피하려다 호랑이 만난 다."라고 해서 우리를 뜨끔하게 했다.

형은 도와준 사람들에게 고맙다는 말을 하고 우리에게도 인사를 시켰다. 우리는 형과 함께 가족들에게로 돌아가야 했다. 배가 고팠고 지쳤기 때문에 다른 선택은 할 수 없는 처지였다.

"죄송해요."

차가 있는 곳으로 걸어가며 나는 형수에게 사과를 건넸다.

"죄송이 무엇입니까?"

형수는 장난스레 웃었다. 뜻을 알면서 일부러 그러는 거였다.

"괜찮으세요?"

묻고 보니 내 질문은 너무 포괄적이었다. 뭐라고 물어야 할지 선뜻 정리가 되지 않아 나는 좀 버벅거렸다.

"한국에 있는, 아니, 우리 형이랑, 아니, 그보다 우리 가족 말인데요."

형수는 전날보다 수척해진 느낌이 들었다.

우리가 형수를 받아들이는 일에 비해 형수가 한꺼번에 우리 가족을 받아들이는 일이 훨씬 어려울 거라는 데에 뒤늦게 생각이 미쳤다. 러시아에 있다는 형수의 언니와 여동생이 어떤 사람인지는 몰라도 우리 가족보다 버거울 가능성은 별로 없었다.

"언니랑 동생, 러시아에서도 아주 멀리 있습니다. 보고 싶습니다.”

고향에는 부모님만 남아 있고 자매들은 각기 다른 지역에 살아 서로 만나기가 어렵다는 얘기를 했었다. 함께 모이기도 어려운 가족이라니. 적어도 형수의 집은 우리처럼 늘 시끄럽지 않다는 얘기였다. 우리 때문에 형수의 마음이 바뀌고, 형과 결혼하려는 결심에 이상이 생긴 건 아닌지 걱정이 앞섰다. 나는 어느새 이 결혼을 적극 찬성하는 입장이 되어 있었다. 형수를 만난 지 불과 이틀 만에.

다행히 형수는 거듭 웃는 얼굴로 마음을 내비쳤다. 문제는 형수보다 형이었다.

“형 화난 건가?”

지니가 달리는 동안 동이가 속닥거렸다. 형에게는 가끔 함부로 말을 걸지 못할 때가 있었는데 지금이 바로 그때였다. 화가 난 건 아니더라도 기분이 안 좋아 보였다. 여행 내내 어긋나기만 하는 상황에 한계를 느낀 건 아닐까. 형은 형수에게 이런 모습을 보여 주고 싶지 않았을 것이다. 형수가 괜찮다고 해도 형은 괜찮지 않을 수도 있었다. 정적만 감도는 차 안에서 나와 동이와 넷째는 대역 죄인이 되어 입을 다물었다.

지니를 세우고 내리자 주차장에서 기다리고 있던 엄마 아빠가 뛰어왔다.

“별일 없으니 됐다.”

아빠는 차례로 우리의 등을 두드렸다. 엄마는 눈을 질끈 감았다

떴다. 이런 지경에 처한 것도 여행 때문이지만 엄마가 끝까지 명상의 힘으로 우리를 너그러이 대할 수 있는 것도 여행 때문인 건 확실했다. 넷째의 메모를 읽은 사람은 없었고 우리의 계획은 조용히 묻혔다.

저녁 시간이 훌쩍 지났다. 다른 텐트에서는 대부분 식사를 마치고 뒷정리를 하고 있었다. 우리가 사라져 연락이 안 되는 바람에 가족들 모두 밥도 먹지 못했다. 늦은 시간이지만 뭐든 배불리 먹을 작정이었다. 형수가 만든 한국 음식도 맛있게 먹을 자신이 있었건만.

우리는 텐트 앞에 우뚝 멈춰 섰다.

"여기가 우리 자리 맞나?"

아빠는 믿을 수 없다는 듯이 눈을 비볐다.

"텐트 안에 둘째가 있잖아요."

형은 억양 없는 건조한 말투였다. 귀에 이어폰을 끼고 오징어 다리 하나를 입에 문 채 누나는 휴대폰만 들여다보고 있었다. 밖에서 무슨 일이 벌어졌는지 낌새도 못 챈 모양이었다. 캠핑장을 운동장 삼아 돌아다니던 쌍둥이와 막내가 달려왔다.

"우리 밥 어디 있어요?"

텐트 앞의 풍경을 보고 막내가 물었다. 쌍둥이도 입을 다물지 못했다.

"내 고기!"

다섯째는 절규를, 여섯째는 "범인은 고양이야!" 하고 소리를 질렀다. 다섯째가 목줄을 한 하늘이를 데리고 뛰었고 여섯째와 막내가 뒤따라갔다.

처음이자 마지막 만찬이 될 바비큐 재료들이 땅에 떨어져 흙과 함께 나뒹굴고 있었다. 형수가 만들었을 거라 추측되는 김치찌개도 바닥에 쏟아졌고 고양이 발자국이 테이블 위에 정신없이 찍혀 있었다.

"근데 고양이가 육식 동물이야?"

넷째가 물었지만 아무도 대답하지 않았다. 어이없는 웃음만 터뜨릴 뿐. 마침내 엄마의 인내심이 한계에 다다랐다.

"잘 봤어야지!"

엄마에게 느닷없이 등짝을 가격당한 누나가 신경질적으로 이어폰을 빼냈다.

"아! 나한테 왜 그래요?"

누나는 대들 것처럼 눈을 흘기다가 텐트 밖으로 얼굴을 내밀었다.

"이게 뭐야?"

누나는 이렇게 될 때까지 다들 뭘 했냐며 되레 따지고 들어 모두가 할 말을 잃게 만들었다.

개는가 싶던 날씨는 밤이 되자 바람이 휘몰아치며 심상치 않은 조짐을 보였다. 구름이 하늘을 뒤덮었다. 비가 오지 않는 것만도 다행이었다. 그나마 포장을 뜯지 않은 고기가 남아 있어 저녁을 때

올 수 있었다. 양이 턱없이 모자라 라면과 채소도 총동원되었다.

식사를 마친 뒤 (형수와 하늘이를 포함한) '외 9인과 1견'이 한 텐트로 들어갔다. 우리 가족을 모두 수용할 수 있는 텐트가 있다는 게 놀라웠다. (정작 텐트를 빌려준 아빠의 친구는 세 식구였건만 대형 텐트를 가진 이유가 궁금했다.)

"밤새 무사할는지."

텐트에 어린 가족들의 그림자를 보면서 동이가 걱정스러운 눈길을 보냈다. 나도 우리 가족이 부디 하룻밤을 한 공간에서 무탈하게 보내기를 빌었다.

내가 묵을 텐트는 (누나가 호기롭게 펼쳤던 원터치 텐트였다) 딱 1인용이었는데 동이는 기어코 나랑 자겠다고 우겼다.

"거머리 같은 놈."

내 구박에도 동이는 이미 눈을 감았다. 피곤하기도 할 것이 동이는 오늘 도착해서 긴 하루를 겪었다. 물론 1박 2일 동안 줄곧 시달린 나도 마찬가지였지만. 어쩔 수 없이 동이랑 몸을 맞대고 누웠다. 바람이 불어 텐트가 흔들렸다. 지금까지의 정황으로만 본다면 앞으로 무슨 일이 또 생긴다 해도 전혀 이상하지 않았다. 거의 자포자기 상태였다. 이보다 나쁠 수는 없었다.

이 와중에도 가족 텐트에서는 쌍둥이와 막내의 웃음소리가 들렸다. 두런거리는 엄마 아빠의 말들, 넷째의 장난과 짜증 섞인 누나의 목소리. 보이지 않아도 눈에 그려졌다. 형과 형수는 어떤 기분일까. 혹시 형수가 아무래도 이 결혼은 다시 고려해 봐야겠다고 하는 건 아닐까. 그런다고 해도 충분히 이해가 갔다.

바람이 거세 텐트가 흔들리며 이마에 닿았다. 텐트는 허접한 우산같이 이리저리 휘었다. 잠이 드는가 싶다가 바람 소리에 깨고 텐트의 천이 얼굴까지 닿아 또 깼다. 잠깐씩 잠에 빠져들 때면 나는 밤하늘의 별을 올려다보는 꿈을 꾸었다. 캠핑장이 아닌, 사막 어느 지점에서. 초록빛이 도는 하늘 아래 홀로 서 있는 나.

밤새 선잠을 자다가 희붐하게 날이 밝을 무렵 깨어났다. 좁은 텐트가 덥고 갑갑해서 일찍 일어나 나왔는데 형과 형수는 벌써 산책을 하고 오는 중이었다.

"동이랑 다정하게 보냈냐?"

형은 농담까지 건넬 정도로 밝아 보였다. (사랑의 힘이란 이런 걸까.) 잠자리가 불편했을 텐데도 형수는 푹 잤다고 말해서 나는 어제의 걱정을 조금 덜었다.

우리 가족은 서둘러 움직였다. 떠날 때처럼 하나씩 짐을 정리해서 차에 넣었다. 텐트를 해체하는 작업은 동이의 지시대로 움직여 수월하게 정리가 되었다.

"빠뜨린 거 없지?"

아이스박스를 두고 온 생각이 났는지 엄마는 수차례 확인했다.

"식구들만 안 놓고 가면 되지 뭐."

아빠가 껄껄 웃으며 말했지만 아빠 외엔 아무도 웃지 않았다.

12인승 승합차에는 이제 남는 자리가 없었다. 아홉 식구와 형수, 동이, 그리고 하늘이까지.

"15인승이 아닌 걸 다행이라고 해야 되나."

누나의 말에 넷째는 다음엔 15인승으로 신청하겠다고 했다가 아침부터 누나에게 타박을 들었다. 동이가 마지막으로 차에 타서 쾅 문을 닫았다.

"출발!"

다섯째와 여섯째가 동시에 외쳤고 운전대를 잡은 엄마가 지니를 출발시켰다.

이제 바라는 것은 하나. 무사히 집에 도착하는 일이었다. 누나의 불길한 저주가 지금이라도 풀리기를 바라면서.

"지니 덕분에 우리 가족이 여행을 다 하고."

아빠는 나름대로 여행을 미화했고 엄마도 흡족하지는 않지만 좋은 추억이 될 거라면서 스스로 마음을 달랬다.

"이런 게 여행이라니."

누나가 어이없어했는데 엄마 아빠는 못 들은 것인지 듣고도 모르는 척하는 것인지 반응이 없었다.

"우리 소풍은 언제 가요?"

막내가 하는 말에 모두들 뜨악한 얼굴이 되었다.

"소풍은 이미 끝났어."

다섯째가 일깨워 주었고, "아, 내 고기!" 여섯째가 머리를 쥐어

뜯었다. 우리의 저녁 식사를 망쳐 놓은 고양이는 아침나절에도 텐트 주변을 어슬렁거렸다. 당장 쫓아 버리고 싶은 마음이 들었으나 전날 음식으로도 양이 안 찼는지 배가 고파 보였다.

"다른 고양이들이랑 나눠 먹었을지도 몰라."

여섯째의 말에 다섯째와 막내는 저희들의 소시지를 잘라서 고양이 앞에 놓아 주었다. 고양이는 우리를 경계하더니 소시지 하나를 물고 도망갔다.

차가 속도를 내자 쌍둥이와 막내는 잠이 들었다. 식구들 모두 말이 없었다. 동이는 옆에서 휴대폰을 만지작거렸다. 동이의 부모님에게서는 아직 연락이 없었다. 아들이 사라진 걸 여태 모르는 걸까. 동이의 얼굴은 전날 엘리베이터에 갇혀 있을 때만큼이나 어두웠다.

엄마는 선글라스를 끼고서 비장하게 운전대를 잡았다. 출발 전에 엄마가 운전을 하는 것에 대한 반대 의견이 있었지만 (고속도로에서 유턴과 후진을 외친 일이 운전 실력을 의심할 만한 근거가 되었다) 휴게소에 여섯째를 놓고 와 긴박했던 상황이었다는 점을 모두가 인정했다. 마침 아빠가 운전을 하겠다고 나서자 가족들은 합심해 뜯어말렸다.

"아빠가 하면 오늘 안에 도착 못 해요."

누나의 돌직구에 아빠는 슬그머니 조수석으로 물러났다. 걱정과 달리 엄마는 운전이 몸에 익은 사람처럼 자연스러웠다. 낯선 길에서도 당황하지 않고 능숙하게 핸들을 돌렸다. 중간에 길을 잘못 들었다 싶으면 바로 방향을 바꿔 원래의 노선으로 돌아갔다.

차는 안정적으로 달려 우리의 최종 목적지인 집과 조금씩 가까워지는 듯했다. 끝날 때까지 끝난 게 아니라는 말을 되새겼어야 했는데 우리는 방심해 있었다. 엄마는 운전에 자신감이 붙었고 아빠는 엄마에 대한 신뢰가 컸다. 형은 팔짱까지 끼고 부동자세로 눈을 감았고 형수는 책을 꺼내 읽었다. 나로서는 무슨 그림처럼 보이는 글자들을 열심히 들여다보며 책장을 넘겼다. 넷째는 캐릭터 잡는 게임에 몰입해 있었다.

"넌 그걸 또 하고 싶니?"

누나가 넷째에게 핀잔을 주었다.

나는 창밖으로 시선을 돌렸다. 가는 길마다 그림 같은 풍경들이 펼쳐졌다. 서울로 가기 전에 잠시 바깥 경치를 봐 두고 싶었다. 처음이자 마지막 가족 여행일지 모른다. 이제는 누구도 가족 여행을 가자는 말을 꺼내지 않을 것이다. 혹 누군가가 제안하더라도 합의에 도달하기까지는 엄청난 난항이 예상되었다. 다음번 여행이 추진된다면 나는 어떤 노선을 선택하게 될지 장담할 수 없었다. 어떻게든 혼자가 되려 했던 여행에서 아직도 '외 8인'과 함께 있는 나를 보면.

차가 심하게 흔들려 정신이 들었다. 딴 생각에 잠겨 있어 느끼지 못했는데 지니는 어느새 길인 듯 길이 아닌 곳에 와 있었다. 좁은 길을 달리다가 비포장도로에 들어서면서 덜컹거리며 어렵게 앞으로 나아가는 중이었다.

"길이 왜 이렇게 울퉁불퉁해요?"

잠에서 깬 막내가 묻자 엄마는 "잘못 들어왔나?" 혼잣말을 내뱉었다. 고속도로 안내 표지만 따라가면 된다고 자신 있어 했는데 한 번 꼬이기 시작하자 완전히 방향 감각을 잃어버렸다. 조금 전과 달리 엄마는 눈에 띄게 당황하고 있었다. 엄마만 믿고 있던 가족들이 뒤늦게 참견을 하고 나섰다. 우선 직진으로 가요. 막다른 길일 텐데. 아까 좌회전 했어야 된다니까요. 그걸 왜 이제 말해? 길이 하나만 있는 것도 아니고…….

"모로 가도 서울이면 됩니다."

형수가 말하는 사이 형이 길 안내 애플리케이션을 실행시켰다.

"잠시 뒤 우회전입니다. 곧이어 좌회전입니다."

우측은 논이었고 좌측도 논이었다. 사잇길은 있으나 지니가 들어가기에는 비좁았다.

"갈 수 있는 길을 알려 줘야 할 거 아니야!"

누나는 버럭 성질을 부렸다.

"좀 조용히 해. 운전에 방해가 되잖니."

엄마도 신경이 날카로워졌다. 부디 명상의 힘이 바닥을 드러내기 전에 정상적인 도로를 찾기를 바랐다. 차는 속도를 줄이고 길을 더듬었다. 후진을 할 수도 없고 유턴을 하기에도 공간이 부족했다.

이대로 앞으로 가면 큰 도로가 나올지도 의문이었다. 길이 점점 험해지고 있다는 게 무엇보다 우리를 불안하게 했다.

다행히 얼마 뒤 갈림길 앞에 누군가가 서 있는 게 보였다. 경운기가 옆에 있는 걸로 봐서 지역 주민이 틀림없었다.

지니는 갈림길 앞에 멈추었다. 차가 다가오자 경운기 옆에 있던 남자가 몸을 돌렸다. 형이라고 하기에는 애매하지만 아저씨라고 부르기에도 미안한 외모였다. 말하자면 삼촌 정도의 느낌이랄까. 엄마가 창문을 내리고 길을 묻는가 싶었는데.

"무슨 일이세요?"

엄마의 입에서 엉뚱한 말이 나왔다.

"경운기가 말썽이라서요."

모자를 벗고 땀을 훔치는 아저씨의 얼굴이 흠뻑 젖어 있었다. 그러고 보니 경운기에 달린 트레일러의 바퀴 한쪽이 진흙에 빠진 채였다.

"저거 책에서 봤는데!"

다섯째가 경운기를 가리켰고, 여섯째는 "어디, 어디?" 창문에 매달렸다.

"도와드려야겠지?"

아빠가 말하자마자 엄마는 시동을 끄고 자리에서 일어섰다. 엄마 아빠에 이어 형이 드르륵 차 문을 열고 내렸다. 형수가 따라갔고 이때다 싶었는지 쌍둥이가 잽싸게 튀어 나갔다.

"나도!"

카시트에서 막내가 몸을 뒤틀었다. 동이는 반소매 옷을 어깨까지 걷어 올린 뒤에 막내를 안고 내렸다. 운동으로 단련된 동이의 단단한 팔뚝이 드러났다.

"너희도 나와!"

형의 말에 끝까지 자리를 지킬 줄 알았던 넷째와 누나도 마지못해 차에서 내렸다. 누나와 눈이 마주쳤기 때문에 나도 일어났다. 마지막으로 하늘이가 폴짝 뛰어 나왔다.

아저씨는 우리를 황당하게 바라보았다. 잠시 우리의 관계를 파악하는 얼굴이었다. 아빠가 경운기를 밀어 주겠다고 하자 아저씨는 "아, 예. 그럼 제가 운전을 할 테니 이쪽에서 밀어 주시고요." 하면서 위치를 잡아 주었다.

"그냥 들어서 옮기는 게 낫지 않을까요?"

동이는 힘을 합치면 경운기 정도는 옮길 수 있을 거라고 했다. 하지만 엄한 일에 기운 빼지 말라는 누나의 충고와 자동차보다 위험한 게 경운기라는 아저씨의 말에 따라 결국 진흙에 처박힌 경운기 트레일러를 밀어 올리기로 했다. 쌍둥이도 돕겠다고 손을 뻗었는데 아저씨는 일절 근처에도 못 오게 해서 쌍둥이를 실망시켰다.

"하나, 둘, 셋!"

아빠의 구령에 우리는 힘을 모았고 경운기는 한 번에 진흙을 빠져나와 평지로 올라섰다.

"우와!"

손도 얹지 못해 골이 나 있던 쌍둥이가 가장 기뻐했다. 아저씨는 고맙다는 인사를 하면서도 신기하다는 듯이 우리를 번갈아 보았다.

"어디 가시는데 여기까지 들어오셨어요?"

아저씨의 물음에 엄마는 "참!" 하더니 길을 물었다. 아저씨는 갈림길의 오른쪽을 가리키며 열심히 안내를 해 주었다.

"여기서부터 직진으로 가다가 파란 지붕이 나오면 왼쪽으로. 거기가 길이 좀 넓어요. 죽 가다 보면 큰 개가 있는 창고가 나오는데 거기서 다시 오른쪽으로 간 다음에……."

아저씨의 설명은 들으면 들을수록 미궁에 빠지는 기분이었다. 어쨌거나 서로 고맙다는 인사를 나눈 뒤에 우리는 차에 올라탔다. 내릴 때처럼 하나씩 자리에 앉았다.

"더워 죽겠는데 남 일까지 참견을 해서."

경운기를 밀 때는 누구보다 열심이더니 일이 해결되자 누나는 괜히 투덜거렸다. (말과 행동 중 어느 게 진짜인지 누나의 진심은 도통 알 수가 없었다.)

"아무리 경찰의 꿈을 접었다 해도 그건 아니지."

넷째가 목소리를 깔았다.

"조용히 해라."

누나의 경고에도 넷째는 한번 시작한 깐족거림을 멈추지 않았다.

"솔직히 경찰은 누나랑 안 어울렸어. 포기하길 잘한 거야."

"그만하라고!"

누나의 외침과 동시에 지니가 크게 꿀렁이며 출발했다.

"뭐지?"

엄마 아빠는 이상한 낌새를 챘다. 아주 잠깐 지니에서 경운기 소리가 났다.

"돌이라도 밟았나?"

아빠가 창문을 내려 내다보았다. 엄마는 찜찜해하면서도 큰길을 찾아야 하는 일에 마음이 급해서인지 그대로 지니를 몰았다. 그때 우리는 알지 못했다. 지니가 우리에게 무언가를 예고하고 있다는 것을. 회오리가 지나간 뒤 잠잠해진 줄 알았는데 뒤에서 엄청난 태풍이 다가오고 있다는 것도.

"어려운 사람을 그냥 지나칠 수는 없습니다."

형수가 말했다.

"우리가 누굴 도와줄 처지예요?"

"우리가 도움받은 건 생각 안 하니?"

누나의 불평에 형의 안색도 굳어졌다. 형의 태도가 싸늘해서인지 누나는 애먼 곳에 화풀이를 해 댔다.

"다 이 차 때문이야. 마음에 안 들어."

누나는 꽝 앞 좌석을 발로 걷어찼다. 마치 오래전 진이 형에게 떠밀렸던 때처럼, 누나는 굉장히 못마땅하고 분한 얼굴이었다.

"뭔 소리야?"

지니가 당하는 걸 보고 넷째가 발끈하고 나섰다.

"참, 차가 아니라 너 때문이지?"

누나는 넷째를 향해 눈을 치떴다.

"좋다고 할 때는 언제고."

넷째는 자기가 얼어맞은 것인 양 억울해했다.

"난 좋다고 한 적 없거든! 처음부터 이 여행을 반대했다고."

"가족 여행 온 게 그렇게 화를 낼 일이니?"

엄마는 조용조용 말했지만 길을 잘못 든 실수와 누나의 짜증으로 분노가 점점 상승하고 있는 게 느껴졌다. 이쯤에서 누나가 분위기 파악을 하고 참았어야 했는데 누나의 성품은 엄마처럼 명상으로 단련되지 않았다.

"우리가 어디 보통 가족이에요?"

"거, 참!"

아빠는 딱 두 마디로 언성을 높였다. 이 정도 반응이면 아빠가 엄청 화가 났다는 뜻이었다. 여행 막바지의 피로가 모두를 민감하게 만들었다.

"우리 가족이 어때서?"

엄마가 핸들을 꼭 잡고 룸 미러를 보고 물었다. 차를 침착하게 운전하는 것과 달리 엄마의 질문에는 날이 서 있었다. 잠시 차 안이 조용해졌다.

"노답이지."

넷째가 제일 먼저 대답했다.

"너도 마찬가지야."

누나가 넷째를 흘겼고, "그만 좀 하자." 형이 눈을 천천히 감았다 뜨면서 타일렀다.

"길만 찾으면 됩니다. 문제없습니다."

형수가 아무렇지 않게 말했는데, "그건 아닐걸요." 넷째가 또 딴죽을 걸었다.

"이제 다들 진정하시고요."

"넌 빠져! 우리 가족도 아니면서."

누나의 말에 동이는 진심으로 서운한 표정이었다.

"누나, 말이 심하잖아."

이번에는 내가 끼어들었다. 지난밤 엘리베이터 사건이 떠오르자 불현듯 동이에 대한 우정이 싹텄다. 그래서였을까. 나는 대놓고 동이를 편들었다.

"동이는 텐트라도 쳤지, 누나는 뭘 했는데?"

거기까지 얘기하고 나는 입을 다물어야 했다. 하지만 나도 모르게 입이 열리고 말이 튀어나왔다.

"도움도 안 되는 게……."

뱉어 놓고 이건 아닌데, 싶었지만 이미 누나의 얼굴은 벌겋게 변했다.

"개라고 했냐? 지금 나한테?"

누나와 나 사이에 커다란 벽이 쿵 내려앉았다. 굳이 '게'와 '개'의 차이를 변명하고 싶지 않았던 건 자존심 때문이었다. 이러쿵저러쿵 설명하는 건 내 실수를 인정하는 셈이었다.

"누님, 준열이 말은 그게 아니라."

동이가 나 대신 항변하려 들었다.

"넌 불만이 많았나 보다? 평소에는 아무렇지 않은 척하면서."

이제 누나의 표적은 내가 됐다. 누나의 말은 사실 정곡을 찔렀다. 여럿이 함께 지내다 보니 누군가는 양보하고 누군가는 참아야 할 때가 많았다. 나는 늘 참거나 배려하는 쪽인 것 같았다. 누나도, 다른 가족들도 마찬가지라는 걸 알면서도 그랬다. 이제 문제는 '게'와 '개'를 떠나 있었다.

나는 대꾸하기가 싫어 책을 펼쳤다.

"항상 이런 식이지."

누나는 내 손에서 책을 빼앗아 던져 버렸는데, 그만 뒤에 있던 형수의 어깨에 맞았다.

"둘째야!"

아빠의 음성이 차 안을 울렸다. 형수는 억지로 웃음을 지으려 했으나 기분이 좋을 리가 없었다. 형의 매서운 눈길이 누나에게 닿았다. 나의『데미안』은 바닥에 떨어졌고 마침 하늘이가 뛰어내려 책을 밟았다. 바닥에 떨어진 책은 꼭 내 자신처럼 하찮게 보였다.

"야!"

내가 소리를 지르자, 누나는 "누구한테 '야'래!" 거의 나를 칠 기세였다.

"왜 던져? 내 건데 왜 함부로 하냐고?"

"넌 내가 만만하지?"

누나가 바락 악을 썼다.

"괜히 왔어! 우리한테 여행은 무슨!"

엄마가 울화를 터트리며 급하게 핸들을 꺾는 바람에 다들 몸이 기울었다. 잠시간 침묵 뒤에 언쟁이 이어졌다.

"그래, 내 잘못이다. 내가 여행을 오자고 했어."

아빠가 자책했다.

"당장 지니 반납해요. 필요 없다며!"

넷째는 넷째대로 지니를 막 대하는 가족들에게 불만을 토로했고 형수는 중간에서 어쩔 줄 몰라 도저히 알아들을 수 없는 말들을 쏟아 놓았다.

"제발, 좀!"

형이 버럭 화를 냈다. 거친 길을 지나면서 지니가 덜컹 흔들렸고 형의 활화산도 결국 폭발했다.

"조용히 좀 지낼 수 없어? 제발! 뭐가 문젠데?"

"오빠 그걸 몰라서 물어? 제일 문제는 오빠잖아!"

발화점은 사방에 있었다. 대부분의 싸움이 그렇듯이 맨 처음 발단이 무엇이었는지는 중요하지 않았다. 그동안 쌓였던 감정의 폭약이 사방에서 터졌다.

"오빠한테 그렇게 말하면 안 됩니다."

형수가 형을 두둔하고 나섰다.

"그러니까 차는 반납하자고."

넷째는 제 할 말만 했다.

"내가 원한 건 이런 여행이 아니야!"

엄마가 운전대를 쾅 내리쳤다.

"이 여행은 처음부터 안 된다고 했잖아! 우리한테 이런 차는 필요 없다고!"

누나의 화는 또 다른 곳으로 튀었다.

"물건도 귀가 있어! 지니가 듣는……."

"저, 근데요!"

넷째의 말 중간에 여섯째가 끼어들었다.

"형이 안 탔어요. 아까부터 얘기하려고 했는데……."

여섯째는 입이 쑥 나와 있었다. 찬물을 확 뿌린 듯이 차 안은 정적에 휩싸였다. 가족들은 놀란 얼굴로 여섯째를, 그리고 각자의 옆자리를 확인했다.

"맙소사!"

아빠의 입이 떡 벌어졌다.

"뭔가 익숙한 상황이야. 대자본가?"

넷째가 중얼거리다가 기어코 누나에게 얻어맞았다.

"데자뷔, 이 멍청아!"

뒤를 돌아 창밖을 보았지만 다섯째의 모습은 보이지 않았다. 갈림길에서 우측으로 꺾은 뒤에 줄곧 경운기 아저씨가 알려 준 방향으로 왔다. 아저씨를 도와줄 때까지는 다섯째가 있었던 게 분명하므로 우리는 돌아가야 했다. 휴게소에 여섯째를 두고 왔던 때처럼 다섯째가 그 자리에 있기를 바라면서. 그런데 지니는 계속 달렸다.

"차 세워요, 엄마!"

"다섯째를 찾아야 한다고요!"

좁은 길이라 방향을 바꾸려면 차를 세워야 하는데 어쩐 일인지 차는 계속 앞으로 나갔다.

"차가 안 서!"

엄마가 소리쳤다.

"무슨 말이에요?"

"엄마!"

"여보!"

다급한 외침이 엉켜들었다.

"액셀이 아니라 브레이크를 밟아요!"

아빠가 지적하자 엄마는 "누굴 바보로 알아요?" 고함을 질렀다.

"브레이크가 말을 안 들어!"

엄마의 목소리는 절규에 가까웠다. 나도 모르게 한 손으로는 손잡이를, 다른 손으로는 옆자리에 앉은 동이의 손을 꽉 잡았다. 동이의 손에도 힘이 들어갔다.

"누나!"

"형!"

"아빠!"

차 안은 삽시간에 혼란에 빠졌다. 하늘이가 짖는 환청까지 들렸다.

"꽉 잡아!"

엄마의 외침과 동시에 차가 거칠게 덜커덩거렸다. 아빠가 막내를 온몸으로 감싸는 장면을 보면서 나는 눈을 꽉 감았다.

가족 여행의 최후는 이런 걸까. 집을 나오던 때부터 지금까지 있었던 모든 일들이 빠르게 머릿속을 지나갔다. 어디서부터 문제였던 걸까. 여행을 떠나던 순간? 아니면 지니가 우리에게 오게 된 행운? 넷째가 이벤트에 응모를 한 것? 어느 것도 잘못된 일은 없었다. 그런데 이런 결과라니. 차가 아래로 떨어지면서 앞으로 크게 몸이 쏠렸다. 안전벨트가 내 몸을 확 조였다. 우리의 여행은 이렇게 비극적인 최후를 맞이하는 걸까.

이윽고 지니의 움직임이 멈춘 뒤에 고요가 덮쳤다.

"아빠……."

막내의 목소리에 서서히 눈을 떴다. 지니는 도랑으로 떨어진 채였다.

"준이야!"

아빠는 막내의 상태를 확인하더니 덥석 막내를 안았다.

"다들 괜찮아?"

"여보!"

"엄마, 괜찮아요?"

"난 살아 있다."

"율리야!"

"괜찮습니다."

"동이야!"

"넷째는?"

"누나?"

모두 서로의 안부를 확인했다.

"전 여기 있어요."

여섯째가 뒤에서 빼꼼 얼굴을 내밀었다. 다행히 다친 사람은 없었다.

"다섯째!"

엄마가 급하게 차 문을 열고 나가려다가 미처 안전벨트를 풀지 못해 도로 자리에 묶였다. 그사이 아빠와 형이 먼저 뛰어 나갔다. 차에서 내리고 보니 도랑에 처박힌 지니의 꼴은 말이 아니었다.

"지니!"

넷째가 울부짖으며 지니를 끌어안았다. 막내와 여섯째까지 차에서 뛰어내리고 넘어지면서 난장판이 되었다. 아빠는 막내와 여섯째를 (이 난리 법석에도 여섯째는 하늘이를 꼭 안고 있었다) 한 번에 들쳐 메고 안전한 곳에 옮겨 놓고 엄마에게 달려갔다.

"빨리 다섯째를 찾아!"

엄마의 말에 다들 여기저기 주변을 살폈다. 고즈넉한 시골 풍경 속에서 다섯째의 모습은 어디에도 없었다. 형과 형수는 우리가 왔던 길을 되짚어 뛰어갔다. 엄마는 마음과 다르게 몸이 말을 듣지 않는지 같은 자리에서 우왕좌왕했고 아빠가 엄마를 진정시켰다.

"어, 신발!"

넷째의 말에 모두의 시선이 한곳으로 쏠렸다. 넷째의 손가락을 따라가다가 헉 소리가 터져 나왔다. 엄마는 다리가 풀려 자리에 주저앉았고 아빠의 손은 미처 엄마를 부축하지 못한 채 허공에 떠 있었다. 누나와 동이는 누가 먼저랄 것도 없이 다시 도랑으로 뛰어갔다. 나도 지니가 처박힌 바닥으로 내려섰다. 발이 진흙에 쑥 빠졌다. 도랑에 고여 있던 물이 신발 안으로 질척거리며 들어왔다. 바닥이 내 발을 끌어당기는 것처럼 무거워 가까스로 지니에게 달려갔다. 다섯째가 신고 있던 신발 한 짝이 도랑에 있었다. 정확하게는 지니의 바퀴 아래에서 신발의 끝부분만 삐죽 나와 있었다. 어떻게 된 일인지 따질 겨를은 없었다. 상상하기도 싫은 일들이 앞뒤로 펼쳐졌다.

동이는 지니에게 달려들더니 차체를 들어 올리기 시작했다. 동이가 하니 넷째와 누나도 지니를 들려고 힘을 보탰다.

"다들 빨리요!"

동이의 말에 나도 재빨리 지니에게 붙었다. 머뭇거리고 있을 때가 아니었다. 엄마 아빠도 뛰어 내려왔다. 모두가 힘을 모았지만 소용없었다. 지니는 꿈쩍도 하지 않았다.

우리에게 온 행운, 지니는 그렇게 우리 가족을 불행의 늪에 빠뜨리고 말았다. 있는 힘을 다 해도 지니를 움직이기에는 역부족이었다. 대형차라고 좋아했는데. 우리 가족이 함께 탈 수 있는 차가 있다고 행복해했는데. 그런 행복이 이렇게 큰 불행을 가져올 줄은 아무도 예상하지 못했다.

"하나, 둘, 셋!"

동이가 구령을 붙여서 힘을 실었다.

"제발!"

엄마의 말이 주문처럼 흘러나왔다.

"준호야!"

이어서 들리는 아빠의 부르짖음에도 다섯째의 목소리는 들리지 않았다. 힘에 부쳤지만 어떻게든 기운을 모아야 했다. 언뜻 동이의 얼굴이 내 눈에 들어왔다. 얼마나 힘을 쓰고 있는지 동이는 귀까지 시뻘게져 있었다. 나는 친구에게 와락 고마움을 느꼈다. 갑자기 울고 싶어졌다. 말도 안 되는 상황에 말도 안 되는 생각이 들었다. 동이를 진짜 가족으로 받아들일 수도 있겠다는 마음이 느닷없이 생졌다. 동이의 모습에 나는 최대한 힘을 냈다.

"한 번 더!"

동이가 외쳤고 이번에는 아빠가 숫자를 셌다. 그러고 나서 우리는 지니를 힘껏 올렸다. 착각인지 진짜인지 지니가 조금 움직이는 느낌이 들었다. 다들 그렇게 느낀 게 틀림없었다.

"다섯째 찾았어?"

"무사해?"

"더 못 하겠어!"

"엄마, 빨리요!"

저마다 소리쳤는데 엄마에게서는 아무 말도 없었다. 손에서 점점 힘이 빠졌다.

"다섯째가⋯⋯."

엄마의 목소리가 불길하게 들렸다. 다음 대답은 듣고 싶지 않다고 생각한 순간,

"없어. 어디에도."

엄마의 말과 동시에 힘이 쭉 빠져 지니를 받친 손을 놓고 말았다. 쿵, 나는 지니에게 몸을 기대고 섰다. 엄마의 손은 진흙 범벅이었다. (나중에 안 사실이지만 엄마는 직접 손으로 흙을 파내 신발을 꺼냈던 것이다.) 엄마는 운동화 한 짝을 들고 얼빠진 표정으로 서 있었고 아빠는 "그럼 다섯째는 어디 있는 거지?" 간신히 입을 열었다.

"오빠아! 재미있어?"

우리는 일제히 소리가 나는 쪽으로 고개를 돌렸다. 막내가 손나발을 하고 먼 곳을 향해 소리를 질렀다. 여섯째와 하늘이가 내달렸다. 막내가 바라보는 곳으로 천천히 몸을 틀면서 나는 그제야 등에 땀이 흐르는 걸 느꼈다.

멀리서 경운기가 다가오고 있었다. 경운기는 길 중간에 멈춰 선형과 형수를 지나쳐서 우리에게 오는 중이었다. 경운기 위에서 다섯째는 두 손을 힘차게 휘저었다.

"응! 엄청 재밌어!"

우리와 헤어져 경운기를 몰고 가던 아저씨는 이상한 느낌이 들어서 뒤를 돌아보았다가 다섯째를 보고 기겁을 했다. 다섯째가 짐이 실려 있는 트레일러 위에 올라타 있었던 것이다. 다섯째에게 번호를 물어 엄마 아빠에게 전화를 걸었으나 받지 않았고 (아마도 우리가 차 안에서 열나게 싸우고 있었을 때였나 보다) 경운기로 자동차를 따라잡기도 어려웠다. 지니가 이 지경이 되어 우리가 멀리 가지 못했던 걸 다행이라고 해야 하나.

"이게 무슨……."

경운기 아저씨는 도랑에 처박힌 지니를 보며 이번에도 놀란 얼굴로 말을 잇지 못했다. 아빠는 미안하고 무안한 얼굴로 다섯째를 경운기에서 내려놓았다.

다섯째를 찾아 다행이라는 마음도 잠시, 분노가 솟구쳤다. 역시

나 가장 먼저 행동한 건 누나였다. 누나는 다섯째를 응징하기 위해
단번에 길 위로 뛰어올라 갔는데 이번에는 엄마가 한발 앞서 다섯
째의 엉덩이를 팡 때리는 바람에 누나는 뒤로 물러섰다. 엄마는 다
섯째에 이어 여섯째를 노려보았다.

"아, 왜요? 난 잘못한 것도 없는데!"

여섯째가 대들자 엄마는 잠시 주춤하더니 여섯째의 엉덩이도
똑같이 한 대를 때렸다.

"신발을 떨어뜨렸으면 바로 주웠어야지!"

엄마는 겨우 여섯째를 혼낼 명분을 찾았다. 여섯째 입장에서는
억울하겠지만 누구도 여섯째 편을 들어주지는 않았다. (알고 보
니 지니 밑에 깔린 신발의 주인은 바로 여섯째였던 것이다. 아빠의
어깨에 매달려 갈 때 여섯째가 무언가를 향해 간절히 손을 뻗었던
게 기억났다.)

"엄마가 참아요."

누나가 건성으로 엄마를 말렸을 뿐이다.

"때리는 시어머니보다 말리는 시누이가 밉습니다."

형수는 지금까지의 어떤 말보다 정확하고 분명하게 말했다.

"엄마, 명상이요, 명상!"

넷째가 엄마를 말렸고, 동이는 괜히 훌쩍이다가 시키면 손으로
코 밑을 훔쳤다.

11
컴백 홈

지니는 진흙을 잔뜩 뒤집어쓴 채로 올라왔다. 견인차가 지니를 끌어내는 동안 우리 가족은 나란히 서서 지니의 최후를 바라보았다.

"믿을 수가 없어."

엄마의 목소리에 기운이 빠져 있었다.

"저도 믿을 수가 없어요. 지니가 저렇게 되다니."

넷째가 망연한 얼굴로 대꾸했다.

"저도 믿을 수 없습니다. 이 가족들 사이에 내가 있습니다."

이틀 사이에 형수의 한국어 실력이 부쩍 좋아진 것 같았다.

"우리 부모님이 아직도 내가 사라진 걸 모른다는 사실을 믿어야 하나?"

동이가 물었지만 나는 대답할 수 없었다.

"나도 믿을 수가 없군. 벌써 2박 3일이 지났다는 게."

아빠의 말에 누나도 고개를 끄덕였다.

"그 많은 일을 겪었는데도 여행이 끝나지 않았다는 걸 믿을 수가 없네요."

누나가 폭 한숨을 내쉬었다.

다섯째와 여섯째는 깨끗한 운동화 한 짝을 두고 서로 제가 신겠다고 우겼다. 여섯째의 운동화는 도랑물에 쫄딱 젖어 있었다.

"다음부터는 절대 같은 신발을 사지 말아야겠구나. 어차피 싸울 거."

이성을 찾은 엄마가 나직한 목소리로 다짐했다.

"근데 다들 아까 뭘 한 거야? 설마 차를 들어 올리려고 했던 건 아니지?"

형의 미심쩍은 눈초리에 모두 딴청을 부렸다. 엄마와 아빠는 멀찍이 떨어져 흙 묻은 옷을 탈탈 털었다.

"진짜 들었는데……."

동이가 얼버무렸고 형은 농담으로 받아들였는지 웃어넘겼다. 나도 그렇게 느꼈다는 말은 차마 할 수 없었다. 목격자가 없어 진실은 영원한 미제로 남을 것이다.

"종이 한 장도 맞들면 낫습니다."

형수만 우리 편을 들어주었다.

"율리야, 아무리 그래도 그건 무모한 짓이죠. 무모하다는 건 뭐냐면……."

형의 말을 다 듣지도 않고 형수는 손가락으로 딱 소리를 냈다.

"맨땅에 헤딩하기, 계란으로 바위 치기?"

형은 만면에 웃음을 머금고 이제껏 본 적 없는 눈빛으로 형수를 바라보았다. 동이는 형수를 향해 엄지손가락을 세워 보였고 누나는 더는 못 봐 주겠다는 얼굴로 팽하니 돌아섰다.

형만 옆에 있었어도 지니를 들어 올리는 퍼포먼스 따위는 하지 않았을 텐데. 고작 신발 한 짝으로 이성을 잃다니. 제대로 사태 파악을 하지 못했다는 게 후회스럽지만 누구를 탓할 수도 없는 노릇이었다. 그 순간만큼은 다들 같은 심정이었으니까.

"지니……."

넷째의 관심은 온통 한군데에 있었다. 넷째는 눈물을 머금고 지니의 마지막 모습을 지켜보았다. 도랑에서 건져 올린 지니의 몰골은 형편없었다. 앞 범퍼는 반쯤 떨어져 나갔고 보닛도 우그러져 있었다. 보험 회사 직원이 사고 경위를 듣더니 곤란한 표정을 지었다.

"이게 좀."

우리 말을 믿지 못하거나 Z자동차의 반응을 미리 짐작했거나. 아무튼 무척 난처해하는 태도였다.

"브레이크가 안 들었어요. 에어백도 안 터졌다고요! 우리 아홉, 아니, 열…… 아니지, 열하나에 강아지까지 전부 큰일 날 뻔했다고요."

엄마는 최대한 품위를 유지하며 항의했다.

"그건 증명하기 어렵고, 아마 운전 미숙으로 처리가……."

보험 회사 직원의 말에 엄마는 잠시 숨을 골랐다.

"제가 면허 딴 이래 여태 무사고예요. 직장에서 웬만한 차는 다 몰아 봤다니까요."

의심을 거두지 않는 보험 회사 직원 앞에서 엄마는 이를 악물었다.

"다른 차로 바꿔 주지는 않겠지?"

누나가 넷째에게 슬쩍 말했다. 막상 지니를 보내려니 누나도 섭섭한 모양이었다.

"난 다른 차는 필요 없어. 지니 아니면 소용없다고."

넷째는 흡사 첫사랑이라도 떠나보내는 사람 같았다.

"차를 또 줄 리가 있겠니. 우리 말은 믿지도 않는데."

엄마는 누나의 바람을 묵살했다.

"우리가 직접 겪었는데 안 믿을 수가 있나? 증인이 몇인데."

아빠는 그럴 리가 없다는 표정이었다.

"그렇게 쉽지가 않아요. 설령 차를 또 준다고 해도 저는 절대 받지 않을 거고요."

형이 못박으면서 아빠의 희망을 꺾었다.

"출발합니다. 빨리 타세요."

견인차 기사가 운전석에 오르며 재촉했다. 견인차를 타고 먼저 출발하기로 한 형과 형수는 우리와 인사를 나누었다. 다친 데는 없어도 형수는 얼른 병원에서 검사를 받아 봐야 했다. 형수는 어디 멀리 가는 사람처럼 엄마 아빠의 손을 잡았다가 놓았다. 그러고는 가족들을 일일이 눈에 담았다. 나에게는 슬쩍 미소도 띄워 주었다. 곧 만날 텐데 형수와의 이별이 못내 서운했다.

"잊을 수 없습니다. 우리 여행."

좋은 뜻인지 나쁜 뜻인지는 몰라도 잊을 수 없다는 형수의 말은 공감이 갔다. 할 얘기가 있는지 형은 엄마 아빠 앞에서 머뭇거리다가 끝내 하지 못한 채 차에 올랐다. 견인차에 끌려가는 지니가 작아지는 모습을 우리는 한참 바라보았다. 까마득하게 작은 점으로 사라질 때까지.

지니를 보내고 나서 나머지 가족들은 줄줄이 논길을 걸었다. 배낭을 멘 등에서 땀이 흘렀다. 아침에 곱게 화장을 했던 엄마의 얼굴은 땀과 먼지로 범벅이 되었다. 손톱은 새까맣게 변했고 머리카락도 헝클어져 몹시 고된 일을 하고 온 사람으로 보였다. 엄마가 추구하는 품격과는 거리가 멀었다. 엄마는 머리를 가다듬고 서둘러 모자를 썼다.

"이런 길은 오랜만에 걸어 보네."

분위기를 바꿔 보려는 아빠의 말은 별 효과가 없었다.

도로변으로 나오자 차 한 대가 먼지를 일으키며 우리 옆을 지나갔고 우리는 가장자리에 한 줄로 비켜섰다. 엄마와 아빠가 쌍둥이와 막내의 손을 잡았다.

"나는 이제 무슨 일이 생겨도 놀라지 않을 자신이 있어."

누나가 힘없이 말했고 넷째는 아까부터 어깨가 축 처져 있었다.

"힘들어요."

"더워."

"다리 아프다."

막내랑 쌍둥이가 한마디씩 했다. 하늘이도 혀를 내밀고 헐떡거렸다.

"안 되겠다."

엄마가 멈춰 서더니 지나가는 차를 향해 손을 흔들었다. 히치하이킹을 하기에 우리는 인원이 너무 많았다. 차들은 우리 앞을 무심히 지나쳤다.

"택시를 잡을 때도 같이 있으면 안 잡혀요."

동이가 팀을 나누자고 제안했다. 네 명씩 나누자, 네 명도 많다, 서로 의견을 주고받고 있을 때에 막 우리 앞을 지나갔던 SUV 자동차가 자리에 섰다. 뛰어가서 보니 운전자는 아빠 또래의 아저씨였다. 아저씨의 눈이 막내와 쌍둥이에게 머물렀다. 아저씨의 발길을 붙잡은 이유가 짐작이 갔다. 다행히 같은 방향이라며 아저씨는 터미널까지 태워 줄 수 있다고 아량을 베풀었다.

"강아지도 타도 돼요?"

막내가 묻자 아저씨는 잠시 하늘이를 보더니 "그러렴." 하고 흔쾌히 허락해 주었다.

엄마와 막내, 쌍둥이까지 타고 나자 더는 자리가 없었다. 다른 자리에는 짐이 실려 있었다. 아저씨가 짐을 트렁크에 옮겨 정리한 뒤에 아빠는 뒷좌석에 겨우 몸을 웅크려 탔다.

"그럼 조심히……."

아빠의 말이 끝나기도 전에 아저씨가 쾅 문을 닫았다. 가족들이 탄 차가 멀어졌다. 아빠가 손을 흔드는 모습이 희미하게 보였다.

"엄청 단출해졌네."

동이가 어색한 듯이 말했다. 좋아해야 할 것 같은데 이상하게 마음이 무거웠다. 모든 일이 너무 갑작스럽고 뜻밖이었기 때문이다.

몇 차례 히치하이킹을 시도했으나 우리를 태워 주겠다는 차는 없었다.

"사람들이 누나의 사악함을 알아본 거야."

넷째가 낄낄거렸다.

"뭐?"

누나가 넷째를 향해 발을 뻗었고 넷째는 누나를 피하려다 뒤로 넘어졌다.

"그냥 뛰어갈까?"

동이는 팔을 휘저으며 제자리 뛰기를 했다. '이열치열?' 형수의 목소리가 들리는 것 같아 나는 픽 웃었다.

"다들 제정신이 아니야."

누나는 설레설레 고개를 저었다.

마침 차 한 대가 다가와서 우리는 다 같이 손을 흔들었다. 승용차는 속도를 줄이면서 우리 앞에 섰고 조수석의 창문이 열렸다. 순간 나는 차 안에서 빛이 나오는, 정확히 말하면 후광이 비치는 한 인간을 목격했다. 동이와 넷째도 나랑 비슷한 느낌을 받은 게 틀림없었다.

"흥!"

누나의 코웃음이 뒤통수를 때렸다. 조수석에는 걸 그룹 못지않은 외모의 여학생이 앉아 있었다.

"어디로 가세요?"

심지어 상냥했다. (현실에도 이런 여자 사람이 존재한다니! 황예슬에게 남아 있던 미련이 모래알처럼 흩어졌다.) 쭈뼛거리며 말을 꺼내지 못하는 남자 셋을 밀어 버리고 누나가 창문으로 몸을 숙였다.

"서울 가는데요, 터미널까지만 태워 주시면 안 돼요?"

부탁이라고 하기에는 당당한 말투였다.

"어! 우리도 서울 가는데."

후광이 비치는 여학생이 운전석을 보았다. 모든 것은 여학생의 어머니로 추정되는 운전자에게 달려 있었다.

"타요."

드디어 운전자의 말이 떨어졌다. 하지만 문제는 이번에도 자리였다. 우리가 모두 타기에는 한 자리가 모자랐다. 망설이는 사이, "비켜라." 누나는 동이를 밀치고 앞으로 나섰다.

"가위바위보라도 해!"

넷째가 격렬하게 항의했다.

"연장자순, 몰라?"

누나는 넷째까지 밀어 버리고는 냉큼 차에 올라탔다. 역시 동생들에 대한 자비라고는 없는 사람이었다. 누나의 공격에 휘청거리는가 싶더니 넷째도 바로 정신을 차리고 누나 옆으로 들어갔다. 얼떨결에 남은 건 동이와 나. 우리는 서로의 눈치를 보면서 무언의 대화를 나누었다. 몸이 편한 게 문제가 아니었다. 중요한 건 우정이냐, 인생에 두 번 오지 않을 인연이냐 하는 거였다. 조수석의 여자 아이에게로 다시 시선이 갔다. 동이와의 우정이 이런 기회를 포기하게 할 정도는 아니라는 데 생각이 미치는 찰나, 누나가 몸을 쭉 빼고 차 문을 쾅 닫아 버렸다.

"아, 뭐야!"

동이와 내가 불만을 터뜨렸다.

"한 명이 타면 혼자 남는데, 의리 없이 그럴 거야?"

누나는 창문을 내리고 일침을 놓았다.

"집에서 봐, 형!"

넷째가 가증스럽게 웃으며 손을 흔들었다.

"이제 가셔도 됩니다."

넷째는 무척 정중한 말투로 앞자리 모녀에게 말했고 차는 곧 출발했다.

"넷째가 저 여학생 번호라도 알아낼 수 있을까?"

동이는 멀어지는 차를 보며 아쉬운 듯 물었다.

"그럴 리가. 그럼 내가 네 동생이다."

내가 답하면서 먼저 발을 옮겼다.

비로소 가족들을 벗어났다는 사실을 깨달았다. 여행 내내 내가 가장 원하던 일, 원하던 순간. 이 순간을 위해서 그토록 애를 썼건만 막상 '외 8인'을 벗어났는데도 나아진 건 없었다. 나는 아직도 어디인지 모를, 덥고 먼지 나는 길을 걷고 있을 뿐.

"전혀 예상하지 못한 시나리오군."

내 말에 동이는 "인생이 다 그런 거 아니겠냐?"라며 내 뒤통수를 때리고는 뛰어갔다.

"아, 진짜!"

나도 동이를 따라 뛰었다.

"여자 때문에 친구도 버릴 놈."

앞서 가면서 동이가 나를 나무랐다.

"그건 너잖아!"

동이를 겨냥해 던진 가방이 바닥에 풀썩 떨어졌다.

우리 앞에 차가 멈춰선 건 한참이 지난 뒤였다. 트럭 운전사는 짐칸으로 고갯짓을 하며 탈 건지 말 건지 결정하라는 듯 우리의 대답을 기다렸다. 당연히 우리는 트럭으로 올라갔다. 차가 출발하고 속력을 내자 바람에 온몸의 열이 식었다. 머리가 날려 몰골은 말이 아니었는데 가슴은 뻥 뚫렸다.

"시원하다!"

동이는 온몸으로 바람을 느꼈다. 나도 땀이 식으며 몸이 가뿐해졌다. 알 수 없는 허전한 기분이 드는 건 아마 바람 때문일 것이다.

서울에 도착해 고속버스에서 내린 직후에 동이의 휴대폰이 울렸다. 동이는 서둘러 전화를 받았다. 전화가 와도 안 받을 것처럼 굴더니 액정에 '엄마'라는 글자가 뜨자마자 마음이 녹아내렸다는 걸 알았다. 환하게 밝아진 동이의 얼굴에서 이내 표정이 사라졌다. 전화기 저편에서 무슨 말이 나왔는지 동이는 네네, 대답만 하다가 통화를 끝냈다. 몇 초의 시간이 흐른 뒤 동이가 입을 열었다.

"학원 빠지고 어디로 샜냐고. 당장 학원으로 가란다."

동이의 엄마는 학원에서 동이가 안 왔다는 연락을 받고서 전화를 한 거였다. 결국 이번에도 동이의 가출은 실패로 끝난 셈이다. 실망한 동이가 엄청 우울해하는 건 아닐까 걱정했는데 동이는 다음에 더 대범한 가출을 추진할 거라면서 결의를 다졌다.

"같이 하자."

"가출? 아니면 여행?"

"당연히 가출이지."

"콜!"

나는 동이와 주먹을 맞댔다.

동이는 부모님의 치과 근처에서 학원을 다녔기 때문에 전철역에서 헤어졌다. 진정한 가출을 위해 이번까지만 참겠다며 동이는 다음을 기약하고 돌아섰다.

완벽하게 혼자가 되었다는 게 믿어지지 않았다. 혼자 있고 싶을 때에는 혼자가 아니었는데, 이제 나는 정말 혼자였다. 주변에 오가는 사람들은 많았지만, 복잡한 승강장 위에서 사방이 조용해진 것 같은 착각이 일었다.

전철이 오는 소리가 들렸다. 여행은 끝이 났고 집으로 가기만 하면 된다. 난생처음 한 가족 여행. 가족들의 바람이 무엇 하나 제대로 이루어지지 않은 여행. 가족들은 벌써 집으로 돌아와 있을 터였다. 언제나 그렇듯 각자의 자리에서 때로는 싸우고 때로는 웃으며 하루하루를 보낼 것이다. 가끔씩 이번 여행을 회상하면서.

전철이 서고 문이 열렸다. 사람들이 쏟아져 내리며 어깨를 치고 지나갔다. 집에 가려면 전철을 타야 했지만 문이 닫힐 때까지 나는 제자리에 서 있었다. 이 여행을 줄곧 거부했으면서도 마지막에 이르자 이대로 여행을 끝내고 싶지 않다는 마음이 강하게 들었다. 문이 닫히고 전철이 떠나고 난 뒤에 나는 몸을 돌렸다.

밖으로 나와 노선을 확인하고 버스에 몸을 실었다. 결심을 굳히자 소풍에 나선 어린아이처럼 설렜다.

'지금까지 얘기 나온 걸 다 하는 거야.'

여행을 떠나기 전에 엄마가 했던 말이다. 가족들이 낸 의견대로 모두 해 보자던 말. 기대하던 방향과 다르기는 했어도 다들 원하는 걸 했다. 다만 나는 아니었다. 나의 여행은 아직 끝나지 않았다.

버스가 달리면서 까마득하게 보였던 목적지에 점점 가까워졌다. 서울 시내 어디서든 보이는 곳. 우리 가족 전부가 함께 가지는 못한 곳. 내가 기억하는 내 인생의 첫 여행지이자 이 여행의 끝.

버스에서 내린 뒤에 잠시 망설였다. 걸어갈까 하다가 케이블카 쪽으로 방향을 틀었다. 줄은 길었고 특히 외국인 관광객들이 많았다. 나는 줄의 끄트머리에 섰다. 급할 것도 없었다. 보채거나 투덜거리는 가족들이 없었으니까. 모든 건 나 혼자 결정할 수 있었다.

가족들과 함께 있었더라면 어땠을지는 쉽게 상상이 되었다. 아빠는 아홉 명이 한 대의 케이블카에 오르지 못할까 봐 연신 앞사람 수를 세고 있을 것이다. 나는 내 앞에서 인원 제한에 걸리기를 바랄 테고, 누나도 나와 같은 생각으로 검지를 들어 숫자를 세다가 회심의 미소를 지어 보인다.

"우리는 같이 타야 돼요. 가족이에요, 가족!"

안내원이 인원을 나눌 때에 아빠가 외친다. 우르르 지나가는 우리 가족에게 사람들의 눈길이 따라붙는다. 누군가가 "몇 명이야?" 소곤거리는 소리가 귀에 들어온다.

케이블카에 오를 때 가장 신이 난 건 쌍둥이다. 쌍둥이를 시작으로 나머지 가족들도 차례로 케이블카에 탄다. 나는 다른 사람들에게 밀려 슬쩍 뒤처지는데, 가족들은 내가 뒤처진 걸 모른다. 나는 가족들에게서 빠져나갈 궁리를 한다. 내가 없어진다면 언제쯤 나를 발견할지도 궁금하다. 집에 돌아가려고 차를 타서야 나의 부재를 알게 되는 건 아닐까. 운이 좋으면 내가 사라진 걸 아무도 알지 못할 수도 있다. 하지만 나는 갈등만 할 뿐 실행에 옮기지 못한 채로 케이블카에 오를 것이다. 빠져나갈 적당한 타이밍은 아니라고 생각하면서.

그런 상상을 하는 동안 나는 어느새 케이블카에 올라 있었다. 케이블카가 서서히 움직였다.

"무서워."

이번에는 케이블카 구석에 쪼그려 앉은 어린 내가 보였다. 넷째가 태어나고 얼마쯤 지난 어느 날. 우리 가족은 소풍을 왔었다. 무슨 날이었는지 왜 이곳이었는지는 기억나지 않았다.

"뭐가 무서워? 일어나서 좀 봐. 경치 멋있잖아."

넷째를 안은 엄마가 어린 나를 일으켜 세우려 했지만 나는 아예 머리를 무릎에 묻었다. 형은 창밖을 내다보면서 좋고 싫음을 내색하지 않았고 누나는 아빠의 등에 업혀 잠들어 있었다.

"케이블카를 괜히 탔나 보다."

엄마가 한숨을 내쉬었다.

어린 나이였는데도 그때의 풍경은 희한하게 또렷이 기억났다.

사진 한 장 남기지 않은 그날의 순간들이. 엄마 아빠는 잊었을지도 모른다. 우리 가족이 완전체가 되기 전, 아주 오래전의 추억을.

케이블카가 멈춰 섰고 사람들이 차례로 내렸다. 엄마가 원하는 이상적인 가족의 모습은 오래전 그날에도 없었다. 공교롭게 그날도 비가 내렸다. 우리에게 우산 하나 없던 날. 추위에 떨며 야외 음식점에서 점심을 먹었던 일까지가 내가 기억하는 전부였다. 그날 이후로 우리 가족에게 소풍과 여행의 기회는 오지 않았다. 동생들이 태어나고 엄마와 아빠는 점점 불어나는 가족들을 건사해야 했다. 가족 모두를 데리고 소풍이나 여행을 갈 겨를은 아마 없었을 것이다.

걸음을 뗄 때마다 가족들이 나타났다. 엄마가 원했던 이상적인 가족이 된 우리들. 아빠가 막내를 목마 태우고 쌍둥이는 달리기 시합이라도 하듯 다다다 지나간다. 만발한 꽃을 보고 엄마는 함께 사진을 찍자고 제안한다. 웬일인지 누나와 넷째도 순순히 카메라 앞으로 나선다. 형이 지나가는 사람에게 사진을 찍어 달라고 부탁하면 우리는 흐드러진 꽃을 배경으로 자세를 잡는다. 엄마는 우리 가족을 완벽한 가족으로 느낄 것이다. 텔레비전 속에서 행복해 보이기만 하는 가족들처럼.

사진을 찍으려는 찰나, 가족들은 서로를 챙기기에 바쁘다.

"셋째도 있지?"

"여섯째가 안 보여요!"

"찍을 거예요, 말 거예요?"

우리 가족이 한 장의 사진으로 인화되어 내 앞에 나타났다.

사진을 찍고 나서 엄마는 동생들 손에 솜사탕을 하나씩 쥐여 준다. 엄마가 그린 그림에는 솜사탕을 든 동생들이 있지 않을까. 하지만 내 상상은 거기에서 바뀌었다. 아마도 우리 가족에게 '이상적인' 상황만 펼쳐질 수는 없을 테니까.

엄마의 그림은 오래가지 못할 것이다. 아침부터 흐리던 하늘에서 빗방울이 떨어지고 쌍둥이와 막내가 든 솜사탕은 비에 녹아내린다. 급한 마음에 동생들은 솜사탕을 입 안으로 욱여넣는다.

"그럼 그렇지."

툴툴거리는 누나. 다행히 타워가 가까이 있다. 나를 앞질러 가족들이 타워 안으로 들어가는 모습을 나는 가만히 떠올렸다.

타워 앞에서 나는 하늘을 올려다보았다. 뿌연 하늘 사이에 타워가 흐릿하게 서 있었다. 타워를 가까이에서 보는 건 처음이었다. 높은 곳에서 보면 정말 서울 시내가 한눈에 다 보일까. 아주 오래전 그날에도 타워 꼭대기까지 갔던 걸까. 기억나지 않았다. 나는 한동안 위를 보았다. 누군가가 꼭대기에서 아래를 내려다보고 있을 거라고 생각하자 보이지 않는 그와 마주 보고 선 느낌이었다.

타워 안은 밝고 깨끗했다. 혼자 있으니 엘리베이터에 타면서 다른 사람 걱정은 하지 않아도 되었다. 함께 다닐 것인지 인원을 나눌 것인지가 우리 가족에게는 늘 골칫거리였다.

엘리베이터는 빠른 속도로 올라가 나를 꼭대기까지 데려다주었다. 기대를 하고 올라갔으나 전망대에서 내려다본 서울의 모습은 뿌옇게 흐렸다. 나는 조금 전 내가 서 있었던 자리를 내려다보았다. 지금쯤 거기서 다른 사람이 꼭대기를 올려다보고 있을지도 모른다고 상상하면서.

"날씨가 맑았더라면 서울 시내가 다 보였을 텐데."

어디선가 아빠의 목소리가 들렸다.

"여기가 소풍이에요?"

"여기가 소풍이 아니라 우리가 소풍을 온 거야."

아직 소풍이 뭔지 모르는 막내와 막내에게 설명을 해 주는 쌍둥이. 훗날 막내가 소풍과 여행의 의미를 이해할 때가 되면 어떤 느낌을 갖게 될까. 우리의 여행이 좋은 추억은 아니어도 아주 나쁜 기억이 되지는 않기를 바랐다.

전망대에서 내려왔을 때에는 한두 방울씩 비가 떨어졌다. 나는 잠시 비를 피할 수 있는 자리에 머물렀다. 야경을 보기 위해 몰려든 사람들로 가는 곳마다 북적거렸다. 내 주위에도 사람이 많았다. 아무도 없는 옆자리를 무심코 내려다보았다. 사람들의 시끌벅적한 소리에도 공허한 기분이 들었다.

이제는 '맹준열 외 9인' 또는 '10인'이 될 수도 있고 누나 말처럼 '7인'이 될 수도 있었다. 그러다가 인생의 어느 지점에서 나는 '오로지 맹준열'일 것이다. 지금 혼자 있는 것처럼. 혼자인 순간에 나는 '좀 괜찮은 맹준열'이 되고 싶었다. 괜찮은 게 어떤 것인지 아직은 선명하게 그릴 수 없다 해도 적어도 내가 갈 곳은 확실히 알고 있는 사람이길 바랐다. 그곳이 사막이든 지구 끝이든. 주변에 아는 사람도 없건만 괜히 어깨에 힘이 들어갔다.

빗방울이 떨어지는데도 내려올 때는 산책로를 따라 걸었다. '좀 괜찮은 맹준열'이라면 그 편을 택할 것 같았다.

'여기서 나가면 막 뛰어갈 거야. 숨이 찰 때까지.'

엘리베이터에 갇혔을 때 동이에게 했던 말이 떠올랐다. 느리게 걷던 걸음에 조금씩 속도를 내다가 곧이어 나는 뛰기 시작했다. 얼굴 위로 시원스레 빗줄기가 떨어졌다. 엉망이 되었던 여행의 순간순간들이 되살아났다. 빗소리를 들으며 형수와 얘기를 나누었던 밤, 텐트 안에서 동이와 쓸데없는 이야기를 주절거리던 나른한 오후, 언젠가 내가 나아갈 세상을 꿈꿨던 좁은 엘리베이터 안에서의 시간, 그리고 모두가 떠난 뒤 혼자 남은 지금까지.

나는 씩 웃었다. 누군가가 나를 본다면 미친놈으로 여길 게 분명했지만 나는 다행히 눈에 띄는 스타일은 아니었다. 두 손으로 얼굴을 타고 흘러내리는 빗물을 닦았다. 저만치 앞서 뛰어가는 넷째가 보이는가 싶더니 내 옆에서 함께 뛰고 있는 형이 나타났다. 나는 잠시 눈을 감았다.

푸른 나뭇잎 사이로 반짝이는 햇살이 파고든다. 나는 눈이 부셔서 얼굴을 찡그리며 하늘을 올려다본다. 우리 가족이 걷는 걸음마다 따뜻한 햇빛이 비추는 그림을 그려 보았다. 숨을 들이마시면 들어오는 상쾌한 공기, 닿는 것마다 선명한 색깔을 만들어 주는 빛이 내 몸을 감싼다. 눈앞에 가족들의 모습이 보였다. 빗물이 얼굴을 타고 흘러내리며 입가로 스며들었다.

"아빠, 소풍에 또 갈 거예요?"

막내의 눈이 초롱초롱하다. 아빠는 대답이 없다. 엄마를 비롯한 우리 중 누구도. 아무도 대답이 없자 막내가 기다리지 못하고 또 묻는다.

"이제 소풍 안 가요?"

"가고말고. 우리 준이랑 엄마 아빠, 언니랑 오빠가 다 같이 소풍도 가고 여행도 가자."

이번에는 아빠가 선뜻 말한다. 가족들의 표정은 모두 제각각이다. 우리 가족이 또 여행을 간다고 하면 모두가 순순히 따라나서지는 않을 것이다.

"지난번 일 잊었어요?"

그렇게 목소리를 높이면서. 나는 분명히 그럴 것이다. 하지만……. 엄마나 아빠가 또 "셋째야!" 부르면 자석에 이끌리듯 따라나설지도 모른다. 확신은 서지 않았다.

천천히 눈을 떴다. 어느덧 나는 두 번째 가족 여행을 떠나게 될 것 같은 불길한 예감이 들었다.

12
나만의 데미안

창문으로 바람이 들어왔다. 며칠 사이 가을로 접어든 것처럼 공기가 달라졌다. 제법 찬 기운이 감돌았다.

지니는 다시 우리에게 오지 못했다. 지니가 아닌 다른 차도 우리 가족에게 오지 않았다. Z자동차에서는 운전자의 부주의로 발생한 사고라고 결론을 내렸다. 우리의 진술은 전혀 인정되지 않았다. 엄마와 아빠는 당첨 소식을 알려 주었던 Z자동차의 직원에게 연락을 취했지만 직원은 그사이 사직서를 내고 이직을 준비 중이라고 해서 엄마와 아빠를 당황시켰다.

"선생님 말씀이 결정을 내리는 데 도움이 됐습니다. 감사합니다."

직원의 말에 아빠는 얼떨떨한 얼굴로 인사를 받았다.

홍보실장은 차를 일찍 반납한 셈 치라고 했다. 어차피 우리가 구입한 차도 아니니 '밑져야 본전' 아니냐며 당당하게 나왔다.

"밑져야 본전은 무슨 말입니까?"

형수가 물었다.

"일이 잘못돼도 손해 볼 일이 없다는 거지."

아빠의 설명에도 형수의 눈동자가 흔들렸다.

"손해는 뭡니까?"

"뭔가를 잃는다는 것이고."

형수는 골똘히 생각에 잠겼다.

"무슨 뜻인지 모르겠습니다."

"원래 내 것이 아니었기 때문에 그게 그거라는 건데."

아빠도 좀 횡설수설했다.

"왜 그게 그겁니까?"

쉬지 않고 질문을 쏟아 내는 형수는 막내 못지않았다. 뜻을 이해할 때까지 질문은 계속됐다. (형수가 단기간에 한국어를 습득할 수 있었던 이유를 알 수 있었다.) 형수의 질문이 시작되면 우리 가족은 다들 자리를 피하기 일쑤였다.

형은 급한 짐부터 꾸려서 형수의 자취방으로 옮겨 갔다. (형수가 우리 집에 들어오지 않게 되어 누나는 무척이나 안도했다.) 형은 얼마 전에 작은 회사에 취직을 했지만 단기 계약직이라 아르바이트와 별반 대우가 다르지 않았다. 급여도 적었고 하는 일도 직접 몸으로 뛰어다니는 일이 대부분이었다. 무엇보다 계약 기간이 끝나면 또 일자리를 알아봐야 할 처지라는 게 가장 큰 문제였다. 형수와 태어날 조카를 위해서, 그리고 형 자신을 위해서 형은 중대한 결정을 내려야 할 때였다. 어쩌면 형은 아주 멀리 떠날지도 모른다는 예감이 엄습해 왔다.

"제가…… 가도 될까요?"

엄마 아빠 앞에서 형이 조심스럽게 말을 꺼냈다. 열린 방문 틈으로 나는 바짝 귀를 기울였다. 어디로 떠난다는 말일까. 단순히 분가를 의미하는 말이 아니라는 것쯤은 알 수 있었다. 다른 지역으로 가려는 걸까. 아니면 형수와 함께 러시아로 가려는 걸까.

여행 이후 넷째와 누나는 형이 러시아로 가는 것에 대해 적극 찬성하고 나섰다. (둘의 마음이 맞는 일은 정말 드문 경우이지만, 넷째와 누나의 속셈은 너무도 빤했다.)

"겨울도 길고 엄청 추워. 어떤 지역은 영하 삼사십 도?"

러시아에 대한 온갖 정보를 검색하는 동안 넷째는 이미 러시아로 건너가 있었다.

"살기에는 적당하지 않네. 그래도 여행 정도면 뭐."

누나가 대꾸를 하자 넷째는 "당연하지!" 누나와 같은 입장을 보였다.

형의 말에 엄마 아빠는 한동안 침묵을 지켰다. 형이 대학을 그만두겠다고 했을 때나 형수의 존재에 대해 털어놓았을 때도 비슷한 분위기였을 것이다. 한참 뒤에 엄마가 입을 열었다.

"네가 떠나는 걸 누가 반대할 수 있겠니?"

엄마를 따라 아빠도 "아무렴." 나직이 말했다. 모든 결정은 형에게 달렸다. 엄마 아빠가 미련을 두는 게 있다면 형이 학업을 중단하는 거였다. 엄마 아빠는 당장은 복학이 어렵더라도 형이 반드시 졸업하기를 바랐고 형은 "확신이 생기면요."라고 해서 여지를 남겼다.

당장 형에게 묻고 싶었다. 형이 가려는 곳에 대해서, 선택하게 될 일들에 대해서. 하지만 아직은 아무것도 물을 수가 없었다. 한 집에 살면서도 나는 형을 몰랐다. 그리고 여전히 모른다. 형이 무슨 생각을 하는지. 무얼 하려는지. 때가 되면 형이 직접 말하거나 어떻게든 알게 될 것이다. 여행을 가던 날, 형수가 들이닥친 것처럼 예상치 못한 방식일 수도 있다. 나는 그때까지 기다리기로 했다. 형을 위해 지금 내가 할 수 있는 일은 걱정이나 기대가 아니었다. 형이 무엇을 하든 믿어 주는 것. 그게 최선이라는 걸 알았다. 내가 바라는 것 또한 그런 거니까.

형이 나간 뒤에 집은 썰렁해졌다. 많은 가족 중에 한 명, 심지어 말도 별로 없는 형이지만 형의 자리를 새삼 깨달았다. 게다가 집을 떠나게 된 건 형뿐만이 아니었다. 2학기에 접어들면서 넷째는 진로에 관해 신중히 결정을 내렸다. 넷째는 자동차 관련 학과가 있는 고등학교에 진학하겠다고 밝혔다. (아직도 넷째는 지니를 잊지 못한 게 틀림없었다.)

"우선 형만 알고 있어."

넷째는 무슨 기밀 사항이라도 되는 것처럼 진지하게 나왔다.

"뭐 대단한 비밀이라고."

나는 넷째의 말을 시큰둥하게 받아들였다. 넷째는 비밀이라면서 나뿐 아니라 여러 사람에게 자신의 진로를 떠벌리고 다녔다. 동이도 알고 있었다.

"넷째가 나만 알고 있으라고 했는데."

동이는 넷째 얘기를 꺼냈다가 내가 벌써 알고 있다고 하자 허탈해했다. 넷째가 가고 싶어 하는 학교에는 기숙사가 있었다. 합격만 한다면 (물론 아직 중학교 2학년인 넷째의 마음이 변하지 않아야 하겠지만) 넷째가 집을 떠나는 것도 머지않은 듯했다.

"연하를 두고 가는 게 마음에 걸리는데."

넷째가 휴대폰의 사진을 보며 히죽거렸다.

"너 연하 만나냐? 설마 초딩은 아니지?"

누나의 말에 넷째는 음흉한 표정을 지었다.

"누나도 아는 여자애야."

"내 주변에 멀쩡한 애는 없는데. 그중에서도 네가 으뜸이긴 하지."

누나가 비웃었다.

넷째가 말한 '연하'는 여행 마지막 날에 만났던 후광이 비치던 여학생이다. 나의 예상이 빗나가, 넷째는 여학생과 번호를 주고받은 것은 물론 꽤 자주 연락을 하며 지냈다. (동이는 자기를 형이라고 부르라며 한동안 나를 닦달했다.) 나는 넷째에 대해서도 많은 걸 모르고 있었던 것이다. 연하 덕인지 자동차 때문인지 넷째가 게임에서 조금 멀어진 것 또한 놀랄 만한 일이었다.

넷째와 다르게 나는 최근 황예슬의 일로 아이들 입에 오르내리며 실의에 빠져 있는 상태였다.

"최악의 남친은 맹준열이었어."

내가 황예슬에게 최악의 남친이 된 이유는 메시지 몇 줄로 결별을 통보했기 때문이라는데 정말 억울한 일이 아닐 수 없었다. 진실을 밝히려면 'ㅎ'과 'ㅎ'에 대한 얘기를 해야 했기 때문에 적극적으로 해명하기도 어려웠다. 옛 여친의 자존심을 지켜 주는 건 나의 마지막 배려라고 말하고 싶지만, 실은 맞춤법이나 따지는 쩨쩨한 놈이 될까 봐 신경 쓰였다. 알고 보니 황예슬이 유민과 정식으로 사귀는 건 아니었다. (그 얘기가 조금, 사실은 많이 위로가 되었다.) 유민과는 같은 학원에 다녀 친하게 지낸 것뿐이라고 했다. 나에게 받은 상처로 새로운 남친을 사귈 준비가 아직 안 되어 있다는 얘기가 떠돌았다. 나는 사태를 조금 지켜본 후에 입장을 밝힐지 말지를 결정하기로 했다. 소문과는 반대로 (나의 착각이 아니라면) 나를 대하는 황예슬의 태도가 전보다 누그러진 것이 내가 적극적으로 해명하지 못하는 또 하나의 이유였다.

나도 황예슬에 대한 미련이 남아 있었던 걸까. 기어코 황예슬에게 먼저 메시지를 보내고 말았다. 방학 잘 보냈느냐는 평범한 인사에 황예슬은 달랑 동그라미 두 개로 답변을 해 왔다. 다른 말을 건네도 더는 답이 없어 황예슬의 진짜 속내를 확인할 수는 없었다.

계절이 바뀌는 중에도 나는 특별히 달라진 것 없는 하루하루를 지냈다. 책상 위에 놓인 『데미안』을 펼쳤다. 여행 전후로 가장 많이 변한 건 아마 『데미안』일 것이다. 험난했던 우리의 여정을 증명이라도 하듯이 『데미안』의 표지는 잔뜩 때가 탔고 내지는 일부가 찢어져 너덜거렸다. 누가가 차 안에서 책을 던지고 하늘이가 밟고 넷째가 냄비 받침으로 쓰는 과정에서 (나 모르게 일어난 일이었는데 음식 자국으로 넷째를 추궁한 끝에 자백을 받아 냈다) 심하게 해져 있었다. 여행에서 고생한 흔적이 담긴 증거였다. 나는 우그러진 표지를 손으로 한번 쓰다듬은 뒤 『데미안』을 책꽂이에 얌전히 꽂아 놓았다.

바닥에 눕자 하늘이가 곁에 와서 낑낑댔다. 눈을 감은 채로 나는 하늘이를 끌어안았다. 보드라운 털이 느껴졌다. 새롭게 우리 가족이 된 녀석.

여행에서 돌아오자마자 혹시나 하는 마음에 SNS에 하늘이의 사진과 발견 장소 등을 올렸다. 많은 사람들이 공유해 주었지만 하늘이의 주인은 찾을 수 없었다. 동물 병원에 가서 알게 된 사실은 우리의 짐작과 달리 하늘이의 나이가 제법 많은 걸로 추정된다는 의사의 견해였다. 사람으로 치면 우리 집안에서 가장 연장자였다. 검사 결과 건강은 양호했고 소리를 찾을 가능성도 있다고 했다. 막내는 여전히 하늘이가 제대로 짖지 못하는 것을 이해하지 못해 매일 하늘이에게 말을 시켰다. 막내에게 하늘이는 아직 말을 못하는 작고 귀여운 새끼였다. 막내는 하늘이와 늘 대화를 나누었고 그 덕분에 표현력이 급격히 좋아졌다.

"자니?"

문을 열고 아빠가 불쑥 고개를 내밀었다. 나는 자리에서 일어났다. 아빠가 방으로 들어오더니 흠 헛기침을 하고 내 앞에 앉았다. 둘만 마주하는 경우가 거의 없는 데다가 좁은 공간에 아빠와 있자니 어색했다. 아빠가 일부러 방에 들어온 건 내게 할 얘기가 있다는 뜻이었다. 아빠는 방에 처음 들어온 사람처럼 천장이며 벽을 휘둘러보았다. 그리고 마침내 방에 들어온 이유를 꺼냈다.

"난 이제 곧 떠난다."

나는 놀란 눈으로 아빠를 보았다. 흩어졌던 구두 장인들이 다시 모여 의기투합을 했고 공중분해되었던 회사도 새 출발을 하게 되었다고 했다. 문제는 회사가 지방에 자리를 잡게 된 거였다. 엄마와 의논을 하고도 계속 고민했는데 오늘에서야 결심이 섰다고, 조금 전에 동료들에게 뜻을 전했고 가족 중에는 내게 처음으로 얘기하는 거라고 털어놓았다. 엄마가 한창 일하느라 바쁠 시간이고 누나랑 넷째도 없어 본의 아니게 나는 맨 먼저 아빠의 고백을 들었다. 연달아 실직을 했던 것처럼 엄마에 이어 아빠도 일을 시작하게 된 것이다.

엄마는 얼마 전에 새로운 직장을 찾았다. 우연인지 필연인지 모를 인연으로 얻게 된 직장이었다. 엄마의 취직 소식을 전해 준 건 넷째였다.

"형! 엄마가 캐스팅됐대!"

나는 학교에서 집으로 오는 길이었고 넷째는 급하게 나가던 중이었다. (멀끔하게 차려입은 걸로 봐서 연하를 만나러 간다는 걸 짐작할 수 있었다.)

"진짜? 주부 모델이라도 된 건가? 어머님의 자기 관리가 드디어 빛을 보는군."

동이는 흥분을 감추지 못하고 집 안으로 뛰어 들어갔다.

"어린이집 주방 선생님이래."

누나는 넷째의 말을 거르지 않고 그대로 받아들인 우리를 한심해했다.

누나가 전해 준 스토리는 이랬다. 마땅한 일자리를 구하지 못한 엄마가 착잡한 마음으로 놀이터에 앉아 있을 때 마침 인근 어린이집에서 아이들이 나왔다. 막내 생각이 나서 엄마는 아이들이 노는 걸 잠깐 봐주었는데 그게 원장의 눈에 띄었다. 보육 교사 자격증도 없고 경력도 전무하다고 엄마가 거절했지만 일곱 자녀를 두었다는 말에 원장은 당장 스카우트하겠다며 엄마의 손을 놓지 않았다는 것이다. 마침 주방 선생님 자리가 비게 됐으니 일을 하면서 준비를 하라는 원장의 설득에 엄마는 그만 넘어갔다. 공식적인 경력은 없어도 아이들을 돌보는 일이라면 도가 튼 사람이 바로 엄마였기 때문에 원장의 안목이 잘못된 건 아니었다.

엄마는 자격증을 따기 위해 동생들을 재우고 책상 앞에 앉았다. 내가 공부를 하다가 방문을 열고 나가면 엄마도 그때까지 졸린 눈을 비비고 있었다. 눈을 뜨고 있는가 싶다가도 엄마의 눈꺼풀은 이내 스르르 내려앉았다.

"엄마."

나는 조심스럽게 엄마를 불렀다.

"어? 깜빡 졸았네."

엄마는 좌우로 머리를 흔들며 정신을 차렸다. 나도 학기 중에 아르바이트를 했던 적이 있어 여러 일을 병행한다는 게 얼마나 힘든지 안다. 엄마의 얼굴에서는 쉽게 피곤이 가시지 않았다.

자식을 일곱이나 키웠으니 어린이집 일도 걱정할 게 없겠다고 사람들이 말하면 엄마는 내 자식을 키우는 것과 여러 아이들의 선생님이 되는 건 다른 문제라고 대답했다. 배워야 할 게 많다며 요즘은 나보다 더 열심이었다.

"그만 주무세요."

내 말에 엄마는 잠시 갈등하다가 "너는?" 하고 되물었다.

"저도요."

"그럼, 그럴까?"

엄마는 작게 웃으며 책을 덮었다.

엄마가 공부를 할 때 차를 타거나 과일을 깎아 책상 위에 놓아 주면 좋을 텐데 나는 그렇게 살가운 아들은 아니었다. 그래도 빨래를 개키거나 쓰레기를 갖다 버리는 등 예전보다 집안일을 많이 도왔다. 가족들이 앉을 자리도 치웠고 쌍둥이의 숙제도 봐주었다. 어린이집으로 막내를 데리러 갈 때도 있었다. 막내는 엄마가 일하는 어린이집으로 옮기는 문제에 대해서 분명히 본인의 의사를 밝혔다. 지금의 선생님이나 친구들과는 절대 헤어질 수 없다고. 엄마도 막내의 의견을 존중해 주었다.

"떨어져 지낸다고 달라지는 건 없다."

"알아요."

아빠가 걱정하는 게 뭔지 알기 때문에 나는 아빠를 안심시켰다. 그러고 나서 또 침묵이 흘렀다. 너무 조용해서 하늘이의 발소리가 유난히 크게 들렸다.

"자주 오마."

"네."

부자간의 대화는 밋밋했다. 나도 자세한 건 묻지 않았고 아빠도 더는 말이 없었다. 자리를 뜨지 않는 걸 보면 할 얘기가 남은 듯한데 아빠는 좀체 입을 열지 않았다. 그러다가 주머니에 손을 넣고는 주섬주섬 무언가를 꺼내더니 내게 주었다.

아빠가 내민 건 여러 번 접은 지폐였다. 펼쳐 보니 만 원짜리 세 장이었다. 심부름을 시키려는 것 같지는 않았고 아직 용돈을 받을 날도 아니었기 때문에 나는 돈의 의미를 금방 알아차리기 어려웠다.

"가만히 보니까."

아빠는 얘기를 꺼내려다가 잠시 뜸을 들이더니 말을 돌렸다.

"네 형수 말이…… 네가 책을 좋아한다더구나."

책이라니, 뜻밖의 말이었다. 다른 부연 설명도 없이 아빠는 이 얘기만 남기고 자리에서 일어났다. 방을 나가려다 말고는 몸을 반쯤 돌려 말을 보탰다.

"소설 같은 거 나는 잘 모른다만, 맨날 똑같은 책만 보지 말고."

아빠는 조용히 방문을 닫고 나갔다. 나는 아빠가 준 지폐를 묵묵히 내려다보았다. 한 번도 책을 좋아한다고 생각한 적이 없었는데 아빠의 말을 듣고 나자 내가 아주 오래전부터 책을 좋아한 건 아닐까 싶은 생각이 들었다. 형의 책장에서 『데미안』을 발견하기 훨씬 전부터. 혼자 있기 위해 책을 펼쳤던 게 아니라 책을 펼치는 순간이 좋았던 건 아닐까. 나는 아빠가 준 돈을 잘 넣어 두었다.

그날 저녁 아빠는 가족들 앞에서 지방으로 가게 되었다는 사실을 공식적으로 발표했다. 누나도 학교를 졸업하기만 하면 독립을 하겠다고 벼르고 있는 중이라 우리 집은 조만간 지금보다 인원이 훨씬 줄어들 가능성이 있었다.

"부사관 시험 합격하면 바로 나가는 거야?"

내가 묻자 누나는 시험과는 별개로 독립은 꼭 하고 말겠다고 의지를 다졌다. 다만 안정적인 독립을 위해서는 빠른 합격이 최선이라고 했는데, 독립을 하기 위해 시험을 보겠다는 건지 시험을 보기 위해 독립을 하겠다는 건지 목적이 불분명했다. 확실한 건 누나는 아무도 모르게 꾸준히 본인의 인생을 설계하고 있다는 사실이었다. 누나를 향한 사람들의 편견쯤은 걱정하지 않아도 될 문제였다. 아직 '게'에 대한 오해는 풀지 못했으나 누나가 먼저 "가족들 다 모였는데 너는 왜 안 와?" 하고 동이에게 간접적으로 사과를 하면서 우리의 앙금도 자연스럽게 해소되었다.

어쨌거나 누나와 넷째까지 떠나고 나면 빈자리가 썰렁하게 느껴지겠지만…… 하늘이와 동이의 존재감이 틈을 메워 주기에 충분했다.

여행 이후로 동이와 나는 부쩍 가까워졌다. 함께 뭔가를 모의하는 사람들끼리만 통하는 은밀한 공감대가 생겼다. 동이는 치밀하고 구체적으로 가출 계획을 세웠다. 국토 대장정에 필요한 자전거를 장만해야 한다고 설레발을 치는가 하면 국토 대장정에 이르는 코스를 잡느라 고심하기도 했다. 듣다 보면 가출이라기보다는 여행에 가까운 것이었는데 동이는 극구 가출이라고 우겼다.

"야, 맹준열!"

동이가 뛰어와서 내 목에 팔을 둘렀다. 나는 캑캑거리며 동이의 팔을 풀었다.

"집에 가자."

말하면서 동이는 나를 앞질러 갔다. 동이는 이제 우리 집에서 눌러살다시피 했다. 하숙생이 아니라 마치 가족처럼 굴었다. (비오는 바닷가에서 찍은 두 번째 가족사진에 본인이 빠진 걸 속상해하면서 혼자 찍은 자기 사진을 합성해 두었다.) 얼마 전부터는 동이와 나를 헷갈려 하는 사람까지 나타나 나를 어이없게 했다.

가끔은 동이 자식의 행동에 욱하다가 도랑에 빠진 지니를 들어올리던 모습을 떠올리면 나도 모르게 스르르 화가 가라앉았다. 진짜 동이가 우리 가족이 되는 건 아닐까 불안이 엄습할 때도 있었다. 동이가 예뻐하는 건 막내인데 (내 눈에 흙이 들어가기 전까지, 아니, 흙이 들어가도) 그건 어림없는 일이다. 다만 누나랑 조금 특별한 관계가 되는 것까지는 이해할 수 있었다.

"저녁이나 먹고 가야겠다."

동이가 먼저 빌라 안으로 들어갔다.

"언제는 안 먹고 갔냐?"

나는 동이의 뒤를 따랐다. 101호 앞을 지나는데 벌컥 문이 열리더니 쌍둥이가 튀어나왔다.

"형!"

다섯째가 나를 부르자 여섯째가 뛰어나오고 그 뒤로 막내가 얼굴을 내밀었다. 마지막으로 하늘이가 따라 나와 꼬리를 흔들었다.

"너희는 왜 여기 있냐?"

동이가 현관문의 호수를 확인하고 물었다.

"우리 밥 먹고 간다고 엄마한테 전해 줘."

다섯째의 말에 여섯째와 막내가 "나도." 따라 말했다. 101호에 할머니가 새로 이사를 온 뒤로 쌍둥이와 막내는 수시로 101호를 들락거렸다.

우리 집 바로 아래층인 101호 부부가 이사를 가게 되면서 우리 가족은 다들 긴장하고 있었다. 새로 오는 사람들이 부디 예민한 사람들이 아니기를 기도하면서. 이삿날이 가까워 올수록 엄마 아빠의 걱정이 커졌다.

마침내 101호에 이삿짐이 들어오던 날, 우리는 할머니를 보고 다들 놀라고 말았다.

"혹시…… 쌍둥이세요?"

아빠가 조심스럽게 물었다. 101호 할머니는 여행에서 묵었던 민박집 할머니와 똑 닮은 얼굴이었다.

"뭐라고?"

할머니가 아빠에게 되물었다.

"청국장 좋아하세요?"

아빠는 질문을 바꿨다.

"안 들려!"

할머니는 대충 대답하고 짐을 정리하기에 바빴다. 할머니는 보청기를 껴야 대화가 가능했던 것이다. 할머니가 혼자 산다는 말을 듣고 엄마 아빠는 집에 있던 가족을 총출동시켜 할머니의 집 청소와 짐 정리를 도왔다.

"조심히 시키겠지만, 아이들이 워낙 활발해서요."

엄마와 아빠는 할머니의 짐을 옮기며 양해를 구했다. 할머니가 막 보청기를 꼈을 때 마침 쌍둥이가 소리를 질러 댔고 엄마 아빠는 눈을 질끈 감으며 쌍둥이를 잡아 앉혔다. 쌍둥이는 매우 흥분해서 발버둥을 쳤다. 할머니의 관심을 돌리기 위해서였는지 아빠가 계속 청국장 운운하자 할머니는 "나이 든 사람이라고 청국장, 된장만 먹는 줄 알아?"라면서 쌍둥이도 움찔할 정도로 목청을 높였다. (알고 보니 할머니가 즐기는 요리는 파스타였고 동생들이 101호를 드나들게 된 결정적인 이유가 되었다.)

"왜 그러고 서 있어? 도와주러 왔으면 그거나 얼른 옮겨."

할머니는 쌍둥이를 흘끗 보더니 식탁을 가리켰다. 동이는 식탁을 혼자서 번쩍 들어 날랐다. 아마도 동이의 행동이 할머니에게 강한 인상을 주었던 것 같았다. 분명 내가 201호의 셋째 아들이고 동이는 친구라고 소개를 했건만 할머니는 줄곧 동이를 셋째로 아는 것이다. 정작 나를 보면 "너는 몇 째라고?" 늘 헷갈려 했다.

"셋째 이제 오냐?"

열린 문 안에서 101호 할머니 목소리가 들려왔다.

"네, 안녕하세요!"

나 대신 동이가 대답을 했다.

"야!"

내가 발끈하자 동이는 후다닥 계단을 뛰어 올라갔다.

"패스, 패스!"

저녁을 먹은 뒤라 동이는 힘이 철철 넘쳤다. 따라붙는 아이들을 순식간에 제치더니 골문을 향해 질주해 나갔다.

스탠드에 앉아 있던 나는 『데미안』을 꺼내 들었다. 깨끗한 표지의 새 책이다. 형이 읽던 책이 아닌 오로지, 내 책이다. 누구의 손도 타지 않은 나만의 책.

아빠가 준 돈을 가지고 서점에 갔다. 가득 쌓인 책들을 보자 읽고 싶은 욕심이 생겼다. 뷔페식당에서 모든 음식을 맛보고 싶은 것처럼, 한 권이라도 더 읽고 싶었다. 책이 너무 많아서 어떤 책을 골라야 할지 망설여졌다. 여러 책을 들었다가 내려놓았다. 러시아 작가들의 소설은 대부분 두껍거나 등장인물들의 이름이 어려웠다. 형수의 이름처럼 복잡한 이름이 여럿 나오니 쉽게 도전할 엄두가 안 났다. 그래도 형수와 대화를 하기 위해서 러시아 작가의 책도 골랐다.

"시가 완성되면 가장 먼저 보여 주겠습니다."

비밀을 털어놓는 것처럼 형수가 내게 속삭였다.

"보여 줄게,라고 하시면 돼요."

내가 형수의 존댓말을 정정해 주면 형수는 내 말을 따라 했다.

"보여 줄게."

나는 형수가 지은 작품을 얼마든지 읽어 주겠다고 했는데 돌아서서 깨달은 건 형수의 시가 아직 한글로 완성될 리 없다는 사실이었다. (형수는 여전히 신인 문학상이 목표였다. 만약 당선이 된다면 나를 꼭 시상식에 초대하겠다고 약속했다.) 형수가 쓴 시는 내가 읽어 낼 수 없는 것이다. 형수에게 직접 읽어 달라고 해야 하나. 상상만 해도 오글거렸지만 형수의 첫 독자가 내가 된다는 건 기분 좋았다. 그 대신 만에 하나 (정말 만에 하나다) 내가 쓸데없이 지껄이던 이야기들을 글로 옮기게 된다면 나도 형수에게 가장 먼저 보여 주기로 마음먹었다. 그때까지 형수의 한국어 실력이 늘게 도와주어야겠지만.

푸시킨의 시집과 한국 작가의 소설 한 권을 고르고 나서 나는 검색대에서 『데미안』을 찾았다. 여러 권이 나와서 놀랐다. 출판사마다 표지와 번역자가 달랐다. 너덜너덜해진 나의 『데미안』이 떠올랐다. 주인공은 싱클레어이지만, 『데미안』이 제목인 책.

여러 종류의 『데미안』 중에서 고심 끝에 한 권을 골랐다. 계산대 앞으로 가서는 아빠가 준 지폐를 꺼냈다.

"골인! 골인!"

동이의 목소리에 고개를 들었다. 동이는 웃옷까지 벗어 던지고 운동장 한복판에서 날뛰었다. 데미안 같은 친구가 있었더라면 어땠을까, 문득 그런 생각이 스쳤다. 데미안과는 너무도 동떨어진 자식. 하지만 나 역시 싱클레어는 아니었다.

책을 덮고 스탠드에 누웠다. 바람에 나뭇잎이 흔들렸다. 얼마 전과는 다른 세계에 와 있는 느낌이 들었다. 나의 세계를 벗어나려고 애쓰다가 결국 제자리에 남게 된 것 같은데, 막상 제자리에서 보니 내가 있는 곳은 또 다른 곳인 것이다. 주변이 변했고, 어쩌면 나도 조금은 변했는지 모른다.

나에게는 두 가지 세계가 있다. 내가 속한 세계, 그리고 내가 속할 세계.

거기 어딘가에서 나는 설레는 한때를 보내고 있다.

작가의 말

사실은, 준열이와 함께한 시간이 늘 좋기만 한 건 아니었다. 밝은 분위기를 유지하기로 했는데 내 마음이 즐겁지 않은 날이 특히 그랬다.

아홉 가족을 끌고 가는 일이 벅차기도 해서 한두 명쯤은 빼도 되지 않을까 고민도 들었다. (누구 하나 빠진다고 달라질 게 있을까, 준열이가 하던 고민을 내가 하고 있었던 것이다.) 하지만 이미 만들어 놓은 인물을 빼는 건 어려웠다. 각자의 역할과 자리가 생겨 그 인물이 빠지고 나면 허전할 것 같았다.

결국은 '맹준열 외 8인', 엄밀히 말하면 '외 10인과 1견'을 오롯이 데리고 결말에 이르게 되었다.

이 소설이 겉으로는 가족의 이야기를 그리지만 그게 전부는 아니라는 것을 말(할까 말까 망설였으나) 하고 말았다.

준열이의 '세계'를 독자들이 다정하게 봐 주었으면, 하는 욕심을 내 본다.

이 땅의 모든 준열이와 준열이의 부모, 형제, 친구, 그리고 그 친구의 가족과 친구, 또 그 친구의 친구…… 모두가 만나게 될 세상이 부디 따뜻하기를 바라며.

2018년 여름
이은용

* 본문에 등장하는 『데미안』의 구절은 단행본 『데미안』(헤르만 헤세 지음, 전영애 옮김, 민음사 2000)에서 인용했음을 밝혀 둔다.

창비청소년문학 85

맹준열 외 8인

초판 1쇄 발행 • 2018년 8월 17일
초판 2쇄 발행 • 2019년 5월 21일

지은이 • 이은용
펴낸이 • 강일우
책임편집 • 정민교 김영선
조판 • 신혜원
펴낸곳 • (주)창비
등록 • 1986년 8월 5일 제85호
주소 • 10881 경기도 파주시 회동길 184
전화 • 031-955-3333
팩시밀리 • 영업 031-955-3399 편집 031-955-3400
홈페이지 • www.changbi.com
전자우편 • ya@changbi.com

* 이 책은 2018년도 대산문화재단 대산창작기금 수혜작입니다.
* 이 책 내용의 전부 또는 일부를 재사용하려면
  반드시 저작권자와 창비 양측의 동의를 받아야 합니다.
* 책값은 뒤표지에 표시되어 있습니다.